海味食话

陈益群 —— 著

上海文艺出版社

PREFACE 序言

≈ 海洋赠予我们的 ≈

一

向往大海，不仅因为它的辽阔，还因为它无私的馈赠。所以，海子描述的"面朝大海，春暖花开"不是一个场景，而是人生的一个境界。

诞生于上个世纪八十年代的歌曲《大海啊故乡》曾经响彻中国大江南北，席卷各种联欢会和歌舞厅。因为改革开放的大潮涌动让人们看到了更多的可能性和希望，大海犹如一个"诗和远方"的意境，来自沿海开放城市的消息与老百姓"驿动的心"产生了共振。

这首歌对于一个海边成长的孩子来说，或许会有更多的共鸣，而且这首歌就创作于我的家乡——汕头。在这首歌诞生的四十年后，我曾专门做了一个策划，派出团队为这首歌的创作背景及其产生的社会影响拍摄了一个电视专题，并希望获得版权，让这首歌成为城市的形象歌曲。因为它的优美的旋律和朴素的歌词一直在我脑海里回响——

小时候妈妈对我讲/大海就是我故乡/海边出生　海里成长/大海啊大海/是我生活的地方/海风吹　海浪涌/随我漂流

四方/大海啊大海/就像妈妈一样/走遍天涯海角/总在我的身旁（《大海啊故乡》）

人们敬畏大海，不仅因为它的无垠，还因为它拥有神秘的力量。

庄子在《逍遥游》中说"北冥有鱼，其名为鲲。鲲之大，不知其几千里也"，既充满了想象力，也是向浩瀚而神秘的大海致敬。《论语》中，孔子说："道不行，乘桴浮于海。"在无奈的现实面前，海洋成了精神的寄托。苏东坡豪迈的名句"小舟从此逝，江海寄余生"或许是孔夫子这句话在一千五百年后的回响吧。《淮南子》载"百川异源，而皆归于海"。"百川归海""海纳百川"，大海成为中国传统哲学重要的意象。

在中国古代神话中，大海蕴含了神秘而不可征服的力量，所以，传说中不仅海神能掌控风雨、潮汐，而且仙人也居住在海上神秘的小岛之上，有多少人曾经奔赴大海去追寻仙人的足迹。白居易诗云："海漫漫，直下无底傍无边。云涛烟浪最深处，人传中有三神山。"（《海漫漫》）我的家乡潮汕有许多妈祖庙，妈祖被尊为"海上女神"。自宋代以来，妈祖信仰传播至东南亚乃至全球华人社区，妈祖正是沿海人民对海上神秘力量崇拜的结晶，耕海和航海的人们期望神秘的力量能成为自己的保护神。

二

人类面对无法理解和解释的自然力量、生死奥秘时，"神"便因此产生。

而时至今日，人们对海洋的探索和了解还远远不够，许多神秘现象仍然难以得到科学的解释。中国虽然是一个海洋大国，但农耕文明长期占据着统治地位，所以，历史上关于海洋文化、海洋生物的文献资料并不多，更多的是传说和神话的故事流传，无论是精卫填海、哪吒闹海、八仙过海、鲛人泣珠，还是南海观音、海神妈祖等等。

但伴海而居的人类，从远古时期就得到大海的哺育，源源不断地从大海中收获资源和能量，捕鱼、采集、制盐是生存的依赖，也是极其重要的经济活动。苏轼《鳆鱼行》写道："东随海舶号倭螺，异方珍宝来更多。"（"鳆鱼""倭螺"指如今的鲍鱼）可见，在宋朝，除了收获丰富的海产品之外，海外的贸易也常见，能够带来异域风情的物质。而据《元典章》记载，如同管理农户一般，元代就有专门针对"采珠户""渔盐户"的专项管理，并规定珍珠、玳瑁等海产为皇室贡品。

就生存环境而言，沿海而居也比山区要优越。在东南沿海地区，潮汕人与客家人两个族群都是由北方中原地区迁徙而来，而且向来潮汕人也宣传"潮客一家"，但由于迁徙的线路不同，进入岭南的时间、居住的环境不同，这两个族群在民间习俗、生活习惯甚至族群性格等各方面都有所差异。潮汕有民间俗语叫"先来占海，晚来占山"，说的就是这两个族群迁徙的历史。从现在的语言分布可以窥见当年迁徙的途径。操着闽南话的族群进入广东后沿着海岸线向西拓展，并通过雷州半岛跨海进入海南，直到现在当地的方言都属于闽南语系，与粤语、客家话三足鼎立。普遍认为，公元前214年，秦始皇派军队统一南部，是中原汉族移入潮汕地区的开始。此后，历经西晋永嘉之乱、唐朝安史之乱、北宋靖康之乱等动荡时期，中原移民迁徙进入潮汕定居，占据了沿海的地带。而客家人入粤的时间要晚得多，一般都认为，客家先祖从南宋末年到明朝中期才陆续穿越莲花山脉，因为海边已经人口密集，他们只能选择在山区定居。民间有俗语说"宋前无客，元后无越"，据《一江潮客情：潮汕与客家历史文化访思录》（余源鹏著，2022年，华南理工大学出版社）记述：元末明初的战乱，引发了客家人的迁移。迁出地为赣南闽西，迁入地则集中在广东北部各地……当时统计户籍有"主""客"之分，移民入籍者皆编入"客籍"，"客籍人"自称为"客家人"。后来，来的客家人多了，也就反客为主了。

沿海而居的抉择无非是依托海洋资源谋生，由此也孕育了潮汕人的"耕海"的生活模式。潮汕沿海自古"以海为田"，南宋地方府志《三阳志》描述潮汕地区："民多以煮海为业。"而面朝大海背靠山，除了渔业生产，有了港口就有了海外贸易，潮汕遂成为海上丝绸之路的重要节点，1860年潮海关成立，这是当时继上海、广州之后全国第三个设立近代化海关的城市，汕头港不但是粤东第一大港，也是全国屈指可数的大港之一。港口除了贸易货物，也产生了人员的交流，在特殊的时期，大量的潮汕人向海而生，纷纷背井离乡过番谋生，于是有了今天遍布全球各地的海外潮汕人，潮汕也成为中国著名侨乡。改革开放后，汕头也因此成为中国第一批经济特区之一。

三

海洋对于普通老百姓来说，最直接和现实的贡献就是数量庞大的各种海洋食物。面对变化莫测的海洋，人类的耕种之路或许更为艰辛，但海洋给人类的回报也算得上更为丰厚。

据联合国粮农组织（FAO）发布的《世界渔业和水产养殖状况》报告：海洋食物（包括鱼类、贝类、藻类等）为全球人口提供了约17％的动物蛋白质，而且相较于陆地的食物，海洋提供的蛋白质更为优质，海洋食物普遍更易于消化吸收，而且营养更丰富更为健康。

海洋提供的食物在人类历史的进程中扮演着重要的角色，甚至发挥了决定性的作用。从公元八世纪到十一世纪的维京时代，北欧的维京人乘着龙船在北大西洋的波涛中追逐着鲱鱼，慢慢地超越了他们对于鱼类蛋白质的追求，从而推动了航海技术革新、贸易网络拓展以及北大西洋殖民地的建立。十五世纪末至十七世纪初的大航海时期，深远地改变了世界的格局。而长时间的航海需要食物的支撑，这种可以长期保存的食物就是咸鱼干，主要是来自大西洋和北冰洋交界的鳕鱼，鳕鱼干后来成为了硬通货，它们被运到非洲换取奴隶，奴隶又被运到西印度群岛交易蔗糖，糖被运到了欧洲，这种贸易关系延续了很长的时间。美国历史学家马克·科尔兰斯基因此称"鳕鱼改变了世界"，《一条改变世界的鱼：鳕鱼往事》中文版 2017 年由中信出版集团股份有限公司出版。

对于陆地的食物，人类向来深怀感恩之心，比如，中国传统的腊八节，表达的就是对天地、祖先和五谷的感恩和敬畏之情，平头老百姓都会在这一天喝腊八粥，是"春祈秋报"古老崇拜和祭祀自然活动的延续。不仅是辛苦劳作的老百姓，帝王家在这方面也要带头。明朝定都北京后专门修建了先农坛，清乾隆时期又进行大规模重修，先农坛便是明清两朝帝王祭祀先农神和举行亲耕典礼的地方，对于神农氏的祭祀活动其实可以追溯到先秦，皇帝的亲力亲为，既代表上天护佑农耕，又强调农业生产的重要性。

对农业生产不重视，后果很严重。于是，出自《论语》的"四体不勤，五谷不分"成为一句成语，专门用于形容一些人脱离劳动、脱离实践，对于大自然赐予我们的食物分不清楚是可耻的。

人们对陆地生产的食物向来有明确的态度，而对于海洋生产的食物，我们又当如何？

在烟火气十足的海鲜大排档前，我们经常可以看到按捺不住兴奋情绪的食客点菜，面对着琳琅满目、色彩斑斓的各色海鲜，许多食客只能用简单的"这个""那个"加上身体语言来表达想点的食物，显得如此笨拙和无知。

这或许不应该是人们对待如此喜欢的"生猛海鲜"的态度。潮汕俗语："水底鱼，天上鸟，识不了。"的确，根据《世界海洋物种目录》，目前科学界已命名的海洋生物约有 24 万种，而未知的更多，科学家推测海洋的物种总数在 50 万到 200 万种之间。但对于特定的某一个区域，常见的海洋食物的供给品种还是相对固定的，我们的舌尖在享受海味的鲜美、身体在得到优质蛋白质和各种矿物质滋养时，对于海洋食物或许应该有更多的了解。

认识海洋食物，是对食物的尊重，也是对海洋的赠予的礼赞。

写这本书的初衷和动力正源于此。

在此，向支持和帮助书籍出版的老师和朋友们致谢。当代著名学者、北京大学陈平原教授，中央广播电视总台著名主持人白岩松师兄，被誉为"出道即巅峰"的美食作家、《苏东坡的美食地图》作者林卫辉先生在百忙之中为书籍写了推荐语；出版人李春淮先生、设计师林震、摄影家韩荣华等,还有上海文艺出版社的领导和编辑都为书籍的出版予以大力的支持。承蒙关照,顿首以谢。

陈益群

2025 年 3 月

目录

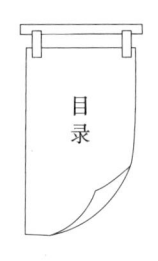

PART ONE 第一辑　琳琅海错

大海的声音 ≈ 003

枭过鲨母 ≈ 010

如水之身 ≈ 015

奔波的鱼 ≈ 019

如妖似魔 ≈ 025

羞羞的"夫人" ≈ 029

蛏子的记忆 ≈ 033

天下第一鲜 ≈ 039

鱼来有信 ≈ 043

称"龙"的鳗鱼 ≈ 047

PART TWO 第二辑　海洋至味

生腌至味 ≈ 053

白虾钓狗母 ≈ 058

养蚝与吃蚝 ≈ 062

糜熟鱿鱼焗 ≈ 067

识字掠无蟛蜞 ≈ 072

咸鱼的一夜情缘 ≈ 077

腌鱼成露黄金季 ≈ 081

人神共享的乌鱼 ≈ 084

海中鲜味 ≈ 088

浪险过拍紫菜 ≈ 092

神秘海石花 ≈ 096

咸淡水交错的渔获 ≈ 098

PART THREE 第三辑 海鲜食俗

- 达濠鱼丸 ≈ 105
- 著名的"那个鱼" ≈ 108
- 赛龙舟，鱿咬须 ≈ 111
- 焗蟹两味 ≈ 115
- 没有壳的腌螃蟹 ≈ 119
- 生腌膏蟹 ≈ 123
- 食蚝试身份 ≈ 127
- 血鳗吃补 ≈ 131
- 吃乖鱼无相叫 ≈ 134
- 爱得要死的鱼饭 ≈ 138
- "打冷"的背后 ≈ 143
- 不起眼的小沙虾 ≈ 149

PART FOUR 第四辑 海风盛宴

- 海鲜大排档的烟火 ≈ 157
- 没有一个菜是清白的 ≈ 161
- 我的日常是你的远方 ≈ 165
- 不再遥不可及的鲍鱼 ≈ 168
- 一傻点龙虾 ≈ 171
- 外来的食材也当家 ≈ 175
- 西施舌之吻莫用力过猛 ≈ 178
- 沙地里的虫子 ≈ 180
- 鞋底变身为龙舌 ≈ 182
- 无区别的迪仔鱼 ≈ 185
- 带鱼：带着温暖福利记忆的鱼 ≈ 189

PART ONE
第一辑

琳琅海错

≈ 大海的声音 ≈

不知有多少小朋友曾经信以为真地将海螺贴在耳朵上,去聆听大海的声音?

我总觉得,对海螺的热爱或许是源于小时候对贝壳收藏的狂热向往。

几乎所有海边城市的孩子过去都曾经收集过贝壳,而许多潮汕家庭会把大型的贝壳当成装饰品或生活用具,各式螺壳曾经是不少家庭摆设的C位,而舀米用的可能是红螺壳。

海边的人对于贝壳的喜爱达到了痴迷的程度,这也是对大海神秘的崇拜,心理学有非常好的解释,这种对于物品的痴迷被称为"恋物志",收集、珍藏、购买、崇拜、保护等行为都是其外在表现形式。

或许能品尝到更多的海螺,也是对大海神秘的解构和征服吧!记得小的时候,在学校的门口总有流动摊贩卖煮熟的海钉螺,一份一分钱,能有好几只,经常都是几个要好的同学结伴购买,还配有辣椒醋,这是对海螺最早的美味记忆,也懂得了分享的意义。

钉螺既有淡水的,也有海水的。钉螺这个名字曾经让人谈螺色变,但它指的是淡水钉螺,生活在亚热带和温带的河湖沿岸或稻田里淡水钉螺才是传播血吸虫病的主要媒介。

[海产的钉螺，最好的吃法：白灼蘸辣椒醋]

　　汕头是一座以烹饪海鲜著称的城市，而海螺是海鲜的重要成员，文艺作品都喜欢把海螺称为"大海的声音"，而我却惦记着它的肉身。

　　在众多海螺中脱颖而出成为顶级食材的是响螺，香港著名潮汕籍美食家蔡澜曾经将汕头称为"吃响螺的城市"。这里面有两个含义，一是就响螺的价格而言，由于是原产地，汕头的响螺价格要比香港便宜不少，蔡澜先生认为，在汕头吃响螺非常"抵食"（值得吃）。二是响螺的做法。汕头最传统的做法是炭烧，因是费时费力的手工菜，现在许多酒楼都花不起工夫来做了，会做的酒楼要预订。蔡澜先生有一篇雄文，叫《死前必吃清单》，列举了世界的极品美食，比如日本的河豚、法国的白芦笋、冲绳岛的水云、伊朗的鱼子酱等等。在这份他认为不吃会留下一生遗憾的美食名录当中，潮汕的"炭火烧响螺"和"反沙芋头、南瓜芋泥"入选。蔡澜先生的这个结论源于当年的一次汕头美食之旅，为他制作炭烧响螺的是潮菜大师林自然。炭烧响螺是一道传统菜，改革开放之初，在特区龙湖区边上有一条食街，那些大排档都能烹制炭烧响螺，倒是现在的许多酒楼做不了了。响螺还有一种豪放的吃法就是林自然创新的白灼响螺，一只响螺肉掐头去尾只取中间一片肉，切成打开的书册状，厚切白灼，蘸酱油芥末或者虾酱，是一种奢侈的吃法。

[潮菜中的顶级菜：碳烧响螺]

响螺也有公母之分，螺壳有凸起的小棱角为公，圆润者为母。公的壳硬也厚，但肉质佳；母的壳薄肉多，炭烧响螺多选母螺，其中尤其以黑色的螺尾为珍，潮汕人认为其有壮阳滋补功效，吃多了容易上火，未知是否灵验。

由于响螺太过名贵，在大排档和市场上普通食客吃的代替响螺的是个头小一些的角螺，角螺无论是切片爆炒还是涮火锅都美味而实惠，肉质爽脆Q弹，味道鲜美，汕头市区有专门经营角螺的火锅店。另一种个头比较大的常见食用海螺是红螺，中文名椰子涡螺，清康熙《饶平县志》称它"壳红肉劲"，肉质硬实不堪吃，倒是其漂亮的外壳吸引眼球，可做摆件亦可做盛器。

老百姓生活中接触最多的是内螺，特别是本港内螺肉质甘香爽脆，亦是螺中的上品，但市民常常为分不清品种而困惑。市场上，潮汕人称的内螺又叫花螺，其中，我们最常见的本港内螺叫方斑东风螺，最明显的特点就是外壳的黑色花纹呈四边形。另外一种质量更高但比较少见的是泥东风螺，黄褐色壳皮，斑纹不太清晰。但有两种螺却是以冻品的形式从东南亚或南亚进口的，分别叫锡兰东风螺和深沟东风螺。锡兰东风螺与本港内螺很像，但它的花纹形态各异不规则，深沟东方螺则螺体节与节之间有一道深沟。这两种进口的东风螺质量远不如本港螺，由于是冻品，所以售卖的时候会泡在冰水中或用冰镇，二三十元一斤，价格约为本港螺的三分之一。市场上常有奸商以次充好，最可恨的是一只坏螺可能坏了一锅螺，因为内螺最简单的吃法就是白灼，一只不新鲜的螺的臭味会污染其他的螺。

本港还有一种大内螺，肉菜市场上少见，都供给了酒楼排档。它是方斑东方螺的品种，一斤也就是三四只，它的价格不低，一斤可卖到300多块。常有食客不看价格表点菜，把本港大内螺当成了进口东风螺，结账的时候闹得不愉快。

物流冷链让原本需要保鲜的食物几乎可以进行全球的交换和流动，这也在一定程度上激发了人类的食欲。所以对于"吃货"的内涵

[花螺，潮汕俗称内螺，以本港产为最佳]

和定义也要重新定义，吃货不是能吃，而是要保持对新鲜新奇食物的尝试冲动和欲望，并能够了解食物的由来和吃法。

对于海螺，若是没吃过或者少吃的，我总是按捺不住想尝试。最近在逛菜市场的时候，发现有牛眼螺，便买来与同学一起尝鲜，未承

[盐焗也是烹饪小海螺的常见方法]

想，螺肉里有很多泥沙，吃得那叫一个尴尬，虽然是一次失败的尝试，但增加了一次亲身的体验，还是觉得很有意思。而且牛眼螺的盖子特别有趣，厚实像玉佩可以当饰物。其实，海螺螺口的盖子叫做厣（yǎn），是海螺自我保护的门，它还是一种香料和中药材，古时称"甲香"。

除了食用功能，螺类让人喜欢就是因为它奇特漂亮的外形，可玩还可用。响螺的名字也正是因为它可以作为螺号使用而得名，相信许多海边的孩子都会唱那首"小螺号滴滴地吹"的儿歌吧！

但就使用功能而言，当数鹦鹉螺壳最为神奇，其结构堪称精妙绝伦。古代匠人用鹦鹉螺壳制成鹦鹉螺杯，用铜镶扣口沿、双耳和边缘，曾作为欧洲王室用品，用来装酒最好，酒仙李白就曾写下"鸬鹚杓，鹦鹉杯。百年三万六千日，一日须倾三百杯"（《襄阳歌》）的诗句。鹦鹉螺壳内有三十余个壳室，相互之间有小孔连通，其横切面的结构几何图形十分神奇而巧妙，古称"九曲杯"。鹦鹉螺是现存最古老、最低等的头足类动物，如今是国家一级重点保护水生野生动物，它在螺类的江湖地位不是靠"吹"出来的，而是由历史和时间的积淀成就的。

≈ 枭过鲎母 ≈

潮汕有一种过去很常见如今却少见的海鲜,它的样貌总是让北方人感到惊讶。

它的名字叫鲎,是一种古老的海洋节肢动物。它的外壳呈马蹄形,背部有两只复眼和两只普通眼,足五对,前四对是行走肢,第五对是游泳肢,鲎的鳃位于身体后端,如折叠的叶片,尾部还有一条长长的坚硬带刺的尾巴。其形状更接近于陆地上的某种甲虫,也成为一些科幻电影外来侵略者形象的原型。

鲎很长寿,可以活五十多岁,它们也很古老,已经在海洋里生活了四亿多年,与三叶虫同期,比恐龙的出现还早,因此被称为"活化石"。

唐朝大文豪韩愈当年被贬潮州,就被它的形象给吓着了。在他写的《初南食》一诗中,首句就是:"鲎实如惠文,骨眼相负行。"清屈大均的《广东新语》曾写道:"昌黎《南食》诗:'一曰鲎,二曰蚝,三曰蒲鱼,四曰蛤,五曰章举,六曰马甲柱。'其诗曰:'南食惊呈怪。'又曰:'南烹多怪味。'又曰:'我来御魑魅,自宜味南烹。'鲎亦佳味,故昌黎首言之。"

鲎的分布相当广泛,我国东南沿海水域有分布,东南亚和北美也有。它们的生活习性与年龄有关，稚鲎通常生活于海岸泥滩地，随着年龄的增长会逐渐游向外海。

但它们得回到岸上产卵，沿海渔民常利用这个机会捕捉，鲎在特定季节的夜间繁殖，雄鲎和雌鲎聚集在潮间带，雌鲎一次会产下两三百个卵，这些卵再由雄鲎授精。但是这种过去十分常见的海鲜，现在却难得一见。由于过度捕捞和利用、栖息地丧失、气候变化等因素，近四十年，鲎的数量急剧减少。2019 年世界自然保护联盟（IUCN）正式宣布中华鲎"濒危"，2021 年 2 月，鲎被正式列入国家二级重点保护海洋动物。

曾经有一个新闻引发了讨论，有人见海鲜档卖鲎，便买下来放生。虽然从结果上来说是让鲎免于成为餐桌上的美食，但却因为购买被保护动物触犯了法律。

鲎的血液中含有一种特殊的细胞——鲎变形细胞，这种细胞对细菌内毒素极其敏感，因此在医药上被用于检测内毒素，帮助判断内毒素是否污染了注射液、药物或生物制品等。同时，鲎的血液提取物——鲎试剂，也是目前世界上用于检测内毒素最简便、快速、灵敏的方法。

潮汕俗语中有"枭过鲎母"之说，说的是母鲎的一种习性。鲎有"深海鸳鸯"之谓，常成双成对，叠加在一起，公鲎除了十条腿，还有四条钩状的爪，可以钩住母鲎的外壳骑在母鲎的背上。有趣的是，当你捉到母鲎时，公鲎讲"情义"，不会离开，会自投罗网；但当你捉到公鲎时，母鲎就会自顾自逃之夭夭。所以"枭过鲎母"形容一个人的行为不顾道义。

潮汕话还有"好好鲎刣到屎漏"的俗语，讲的是杀鲎的技巧，好鲎不怕晚,杀鲎要花工夫,要先将腹部剖开,然后取出卵和肉,特别要注意避免把它的肠戳穿,肠部有毒。其实鲎并没有多少可食用的肉,人们会将取出的卵和肉经腌制做成味道独特的鲎酱,这些鲎酱就是制作鲎粿的主要材料。而它的足还可以用盐和高度酒腌制成鲎汁,能长期保存,既是美味亦可药用,潮汕人用于通气暖胃,可治疗女人坐月子得的头风。

鲎粿产生的故事还体现了潮汕人尊老敬老的优良民风。传说大约在明清时期,潮阳一户人家的媳妇眼见婆婆年迈无牙,且肠胃消化不良经常胀气,听闻鲎酱既美味又能助消化祛风,便制作鲎酱供婆婆佐

[鲎粿原来是用古老的海洋生物鲎的肉做成的一种粿品,后来鲎成了保护动物,不能再被食用,于是用了虾、五花肉、鹌鹑蛋等作为替代品,鲎粿也就有点名不副实了]

餐，可是婆婆没有牙齿，进食仍然有些困难。媳妇便把粳米粥捣烂加入番薯粉做成不必咀嚼的米粿再淋上鲎酱，以这种软柔细滑的粿品供给老人食用。婆婆吃得舒服便问起媳妇："这是什么粿？"媳妇想到鲎酱便回答："鲎粿。"这种潮阳地方美食就这么诞生了。

当然，就鲎粿名字的由来也有不同的看法。一则认为是粿胚中加入了鲎肉；二则认为是淋上鲎酱调味。事实是什么现在已不重要，如今的鲎粿已跟鲎没什么关系了。鲎作为珍稀海洋动物已被列为国家二级保护海洋动物，鲎粿虽有其名，却与鲎划清了界限。

鲎粿经过不断改进，原来使用番薯粉和粳米粥制作，在色泽上呈黑褐色，后改为使用白米粥、生粉以及粟粉来制作，搅拌成浓稠的粉浆，将粉浆装入刷过油的粿印内，再添加叉烧肉、香菇、虾、鱿鱼丝、鹌鹑蛋等配料，上蒸笼蒸熟成粿胚。吃的时候再投进油锅中，用慢火浸炸至粿胚两面微赤，取出装盘用剪刀剪开粿胚淋上酱料即成。

潮阳棉城有一家人称"塔脚鲎粿"的小店很有名，做出的鲎粿细腻滑嫩，酱料搭配也恰到好处，后来小店搬了地方我还曾专门寻了去，一人可吃上两只。

鲎粿是否好吃酱料方面很重要，各家的酱料都是自己调制的，会有较大差别。一段时间，许多店面都只使用本地产的一种只见咸不见辣的辣椒酱，现在却是八仙过海各显神通，各种酱汁各见风味。有以沙茶酱为主料的，有以花生酱为主料的，也有以酱油为主料的，有偏辣的也有偏甜的，就看个人的喜好，适口为珍。口感从来就没有唯一的标准。

倒是加热鲎粿时油浸的这道工序不易，油温的控制和时间的把握对于没有西餐机械设备进行标准化生产的小食店来说最考验功夫。中国菜谱中的"文火""低油温"之类的表达,说的简单,做起来实际上却最难。油浸鲨粿要求就是"文火温油",这个度如何把握全靠经验。

油温太低不但浸半天未能热透,而且还会由于油的大量渗透而使食物太过油腻;油温太高则变成油炸,鲨粿的外层就会焦化变硬,失去了原来嫩滑的特质。度的把握是一个哲学命题,量的积累过程就叫作度,它是事物保持其质的量的界限、幅度和范围,在这个范围之内,事物的质保持不变,而一旦突破关节点,超出了度,事物的质就要发生变化。世间的任何东西莫过如此,凡事都要把握分寸、火候,否则就"过犹不及"。

≈ 如水之身 ≈

都说女人的身体是水做的,这是一种认知偏差。

固有印象总会影响人的判断。但有一种说法,男人比女人更水灵,成年男性的体内含水量在60%左右,成年女性只有50%左右。

女人看起来没有男人结实,是因为她们的脂肪含量比男人高,并非因为她们身体的水分多。

人的一个重要器官的含水量比身体平均值高,它就是大脑,含水量在75%左右。难怪人们总会做出一些不可思议的事或者做出一些错误的判断,因为脑子进水了!

有一种鱼古人认定它是水做的,称"水沫凝成",于是把它称为"水澱","澱"与"淀"相通,意思就是由水凝聚而成。这种鱼的名字潮汕人听起来肯定很熟悉,因为直到今天,潮汕的发音基本上没有变——"澱鱼"(音"电"),也有人认为应该写作"楪"字,这个字一些字库里没有,是"结实"的意思。这一观点认为,潮汕人的称呼是故意反着叫的。

这种鱼学名叫龙头鱼。

龙头鱼还有其他许多别名,粤语地区把它称为"九肚鱼"或"狗吐鱼",潮汕一些地方也叫它"宅鱼""仙鱼""豆腐鱼"。

[龙头鱼,又称水晶鱼、豆腐鱼、水潺等,从它锋利的牙齿可以看出,它可是水中的恶魔]

[豆腐鱼的身子是水做的,真的做到入口即化]

潮汕本地的"瀎鱼"有两种,一种是乌须的,一种是白须的。乌须的一般个比较大,身子骨也相对结实,价格略高于白须。但总归而言,在鱼类中,"瀎鱼"一直都属于低值的贱物。

在市场上从没见过活体，只因它出水即死，而且身子骨如此柔弱极易腐坏，在保鲜手段缺失的岁月，这些毛病会被放大。它不仅食无肉，而且腥味还比较重，有些人接受不了这个味道，甚至嫌弃它。

为了改变它的外在形象，有不法之徒便用福尔马林浸泡，让鱼的身子变得相对坚挺，几天不坏，后来这个坏招被揭穿，让"潋鱼"的名声更差，一段时间甚至无人问津，卖不出去，身价也跌到了历史的最低点。

幸好潮汕人对"潋鱼"有刻骨铭心的感情，物质非常缺乏的年代，便宜的"潋鱼"满足了许多潮汕人家对海鲜的向往，许多潮汕的孩子从小就吃"潋鱼"，也接受它的味道和口感。

如何去腥？潮汕人的秘诀就是本地的咸菜，用"潋鱼"做汤是潮汕人的家常菜，是明知山有虎偏向虎山行的味觉探险，用咸菜的酸味荡涤鱼腥味，可让食物发生化学反应生成醋酸盐类物质，使鱼腥味大大减弱，变得新鲜酸爽，由此在味觉上扭转乾坤。而另一种翻云覆雨手的做法就是油泡，"潋鱼"切段，撒上鱼露和胡椒粉腌制，然后裹上炸粉油炸，金黄爽脆的外壳包裹着入口即化的鱼肉，这种内外的反差使鱼肉显得更加细嫩而鲜美，刚炸出锅，蘸点橘油，烫嘴却让人欲罢不能。潮汕人还用它做鱼糜，也是一绝，鱼要剔出肉来，加上肉末煮出香味，最关键的一招是冬菜，原来冬菜也是"翻云覆雨手"，"潋鱼"糜是冬天里的一把火，能温暖整个生活空间直达肠胃。

清末福州学者郭柏苍在《海错百一录》书中称龙头鱼："海鱼之下品，食者耻之。腌市每斤十数文，贫人袖归。""潋鱼"在历史上就是低档鱼类，可没想到，在清朝的时候，竟然落魄到这番田地，吃它的人都不好意思让人知道，还得把鱼藏在袖子里，但恐怕鱼腥味终究是藏不住的。

都说人的出生无法选择，都是命。而出生在哪里却往往决定了命运。龙头鱼在太平洋可能生不逢地，而在印度洋遭遇就有所不同。

我们熟悉的龙头鱼主要产自我国东南沿海一带，但太平洋却不是它最大的产区，印度洋的产量远远要超过太平洋。由此，印度占据了世界龙头鱼产量的七成，在太平洋，它被认为是低值的鱼类，但在印度洋，它的身价不低，颇受欢迎。这和食物的处理方法有非常大的关系，这个鱼实在水分太多，印度人的处理方法是先脱水。

龙头鱼中文正名应该叫：印度镰齿鱼。它的英文名更有意思"Bombay duck"，翻译过来是让人啼笑皆非的"孟买鸭"。

真是鱼同鸭讲，让人摸不着头脑。

据说这个名字是以讹传讹的结果，印度人会把龙头鱼晒干后食用，相当于江浙一带著名的"龙头鲓"，鱼干的味道浓烈，与孟买运送而来的邮件味道相似，孟买邮件就叫 Bombay Daak，叫着叫着便成了"Bombay duck"。

鱼干这种东西历史悠久，曾经成为征服世界的军队和探险家的主要食物，现在是不错的下酒料，可烤可炸。

别看"豆腐鱼"身体柔弱，却是极为凶猛的鱼类，是真正的"刀子口豆腐心"，它的嘴特别大，而且牙齿十分锋利，龙头鱼的名字也由此而来。虽然身如弱水却有着一颗虎狼之心，它的消化能力特别强，所以食量惊人，吃的东西多且杂，甚至会自相残杀，肚子很饿的时候也会对自己的同类痛下杀手。

柔弱的外表最具迷惑性，真正的狠角色都是藏在柔弱的外表之下的，不只是鱼类。

≈ 奔波的鱼 ≈

中国著名歌曲《大海啊故乡》是在南海之滨的汕头写就的。

里面有一句歌词叫"海边出生,海里成长",感觉写的不是人,是海龟。

虽然生活在海边,但是我却是在韩江里泡大的。

我们的孩提时代跟现在的孩子不一样,父母管得少,处于半野生状态,自由度很高。

当时的韩江还是一条重要的商业运输渠道,特别是上游梅州的竹子都通过竹排运到汕头加工,汕头竹器厂就建在了杏花村,地点就是现在牛屠这个地方。

夏天孩子们整天在江上戏耍,经常爬上过往的船只逆流到梅溪桥或者解放桥,再顺流漂回到竹器厂的竹排上,小时候不是不怕危险,是不知道何为危险。我还曾经在杏花桥上一跃而下,而今站在杏花桥上,看着滔滔的江水,想起小时候的荒唐事,竟然小腿肚打哆嗦,不知道当年的江水是否比现在更高更满,当年怎么就敢往下跳?

当然,也出现过意外。由于潜水玩耍过度,我一只耳朵的鼓膜破了,幸亏年纪小,经过医生的治疗,鼓膜幸运地愈合了,但这个经历是别人难以体验到的，当一只鼓膜破了以后，我几乎只能听到自己心跳和血管中血流的声音，外界的声音基本上被掩盖。它会产生一种非常可怕的孤独感，难以向他人讲述。

这段经历中最让人难忘的是在竹排上钓虾。放下一整排的吊钩，然后一根一根慢慢往上拉，就能不断地收获贪嘴而夹着钓线不放的河虾，最让人兴奋的是意外钓到鳗鱼。鳗鱼在水中的力气极大，当慢慢拉线发现拉不动的时候一定是有大货，鳗鱼的表现与其他鱼类不同，其他鱼类会猛地发力挣扎，如果是大鱼一下子就把钓线扯断，而鳗鱼是稳重派的，会一直跟你拉扯纠缠，比的是耐心，你发力过猛也会把钓线扯断，只有通过拉锯战把它的精力消耗完，才能把它拉出水面。而在竹排上，如果没有事先准备好塑料桶麻袋之类可以把它整个装进去的物件，是抓不住鳗鱼的，它吱溜一下又从竹排的缝隙溜到水里，只能徒叹奈何。

河鳗广东人过去习惯叫白鳝，学名日本鳗鲡。它在淡水环境中生活，所以在当年水质优良的韩江里常见。

［油筷是鳗鱼的一种，学名『蚓鳗』。身体细长光滑，像一根根筷子，用梅汁煎最为美味］

非常有意思的是，它生长在淡水里，却在深海里繁殖。据了解，河鳗在性腺成熟后会洄游到两千公里外的马里亚纳海沟的深处产卵，这期间河鳗会绝食，就像完成一个虔诚的膜拜仪式。出生的鱼苗再乘着海流北上。在日本、中国等的河流生活，来回可谓长途跋涉，真所谓"人生如逆旅"，永远奔波在路上……

正因为这个原因，谁也没见过河鳗产卵繁殖，以至于古人记载认为，鳗鱼只有雄性没有雌性，它的繁殖需要通过虚幻的投影之术寄托在鳢鱼身上。真是天大的误会，终究是视野的局限影响认知和格局。

环境的改变和过度的捕捞，使野生鳗鱼急剧减少，欧洲鳗鱼从2009年起被限制贸易。日本鳗鱼和美国鳗鱼在2014年被世界自然保护联盟（IUCN）列为濒危物种，濒危程度和大熊猫相同，变成了被保护的物种。

而时至今日，鳗苗人工繁殖技术仍未能取得根本性的突破，只能靠人工捕捞，而广东是全球最大的鳗鱼苗生产基地。

汕头港地处韩、练、榕三江入海口交汇处，有机质和营养盐含量高，饵料生物丰富，生态环境良好，是我国日本鳗苗资源较为丰富的海区之一，每年冬末春初，鳗苗趁着涨潮经过入海口洄游到内河生长，渔民称这段长约一百天的时间为"鳗苗"汛期。每年年底，都会有一批福建诏安的渔民举家浩浩荡荡前往南澳岛，驻扎在前江湾沙滩上，专捕被称为"软黄金"的鳗鱼苗。

二十世纪七十年代前国内无养鳗，只是向日本输出鳗苗。直到七十年代末，当时汕头的潮安县鱼苗场和饶平县凤岗鱼苗场，率先引进日本养鳗技术、设备与饲料，建设日式水泥池试养鳗鱼，养鳗业由此拉开了帷幕。

随后汕头鳗联集团公司、潮州金曼集团公司等龙头企业应运而生，广东鳗业进入第一个热潮。汕头鳗联集团辉煌一时，当年老总请潮汕书画大家郭莽园设计名片，老总姓王，郭老设计出来的名片，首先看到的是"鳗王"字样，然后才是名字，郭老的设计大胆而霸气，彰显了当时汕头鳗联集团的地位和影响力。

《本草纲目》和日本的《本朝食鉴》等书中均记载了鳗鱼有补虚、暖肠、祛风、解毒、养颜等的功效。特别是鳗鲡体内含有一种很稀有的西河洛克蛋白，具有良好的强精壮肾的功效，被日本人、韩国人视为鱼中"伟哥"，是一种高级的滋补食品。

在日本的影视剧里面，出镜最多的美食就是烤鳗鱼。又好吃资源又有限的日韩都从中国进口鳗鱼，特别是世界消费量最大的日本市场是我国烤鳗的主销市场，占我国烤鳗出口的80%左右。

日本食鳗鱼大都以调味烤鳗为主，每年消费烤鳗鱼高达10万～12万吨，其中，约八成的鳗鱼都是在夏天消费，特别是在7月的食鳗节，日本人几乎家家都要吃烤鳗鱼。

日本料理和韩国料理店烤鳗价格昂贵。日本料理中最常见的蒲烧鳗，即是烤的料理方式，将鳗鱼剖开切段，抹上盐，再用竹签串起来烤，由于其外形同香蒲穗类似，于是称为"蒲烧"。

蒲烧鳗的料理技术包括"一剖、二串、三蒸、四烤"，日本的料理厨师会说："剖三年，串八年，烤一生。"意思是说，光是学习如何剖鳗鱼就得花三年；再来是学习串鳗鱼的技术要八年；至于蒸、烤的技术，则必须花一生才能达到技艺精湛、炉火纯青的境界。

鳗鱼不仅肉质细嫩，味道鲜美，而且营养丰富，加工成烤鳗后蛋白质则高达63%，还富含脂肪、碳水化合物、各种维生素以及钙、磷、铁、硒等多种营养成分，其营养价值位居鱼类前茅。

需求决定了供给，养鳗和烤鳗最初从汕头开始，但很快在中国沿海发展起来，广东、福建、江西、浙江、江苏等地随后大量地建起了养殖场和烤鳗厂，内卷得一塌糊涂，而主动权已经悄然交给了买方市场，日本不断设置技术壁垒的同时烤鳗出口的利润率也在相互的竞争中大幅下降，养鳗和烤鳗产业在2003年以后迅速降温，许多企业被迫关闭。

烤鳗采用速冻技术，是最具代表性的预制菜，保存方便，只需要加热就可以上桌。时至今日，汕头出产的烤鳗产品在包装上还印上了日语，倒感觉是从日本进口的。

河鳗油脂特别丰富，采用烧烤的办法可以充分释放油脂的香味，当年我曾经和书画大家郭莽园、美食家张新民一起在汕头鳗联集团品尝刚从生产线下来的烤鳗，带着焦香味，与温热的清酒确实很配。

而潮汕传统的名菜是梅糕酱蒸乌耳鳗，利用酸梅的咸酸中和鳗鱼的油脂，甘美异常，特别费米饭。

现在网络带货很时髦，经常可以看到海鳗的身影，是来自浙江的鳗鲞，也就是海鳗干货，无论蒸炒都是不错的味道。曾在网上买过一次，却大失所望，有一股油哈喇子味，说明在制作上有问题，应该不是风干的，而是拿去晒了，晒了太阳就走油了，废了。

其实在汕头的海鲜市场上，海鳗比河鳗更为常见，海鳗的个体硕大，常见有一米多长的，切成段来出售。过去金海湾大酒店边上有一家叫"海平兄弟"大排档烹制的海鳗十分出名，进门处用一口直径接近一米的大锅，用本地产的咸菜和海鳗一起熬制好后只是微微地保温，鱼肉非常入味，顾客可以自取，这样的大锅鱼非常有气势。我们约饭的时候总要派一个人先去，目的是要选些海鳗的鱼春，晚了就没有了。

现在莫说入味的鳗鱼春，即使是入味的鳗鱼肉都很久没吃到了。

≈ 如妖似魔 ≈

潮汕俗语：水底鱼，天上鸟，识不了。

意思是种类太多了，永远都认识不完。

鱼类，如果没有特别的记忆就不会有用文字记录的兴趣。

𫚉鱼（音：普通话"红"，潮汕话"hang"）对我来说是值得一写的，因为它曾两次刷新我的认知，两次冲击并改变了我的刻板印象。

对于味道，孩子的嗅觉和味觉是最为敏感的，鱼腥味是普遍拒绝的味道。潮汕的孩子在断奶之后有一段时间会喝鱼仔汤，婴儿没有拒绝的能力。可随着孩子慢慢长大，普遍都要经历一段只吃肉不吃鱼的阶段，虽然家长会不断强化"吃鱼补脑""吃鱼让人聪明"的认知，但孩子还是能躲就躲，特别是对那些鱼腥味重的鱼类。

小时候的某一天，我第一次见识到𫚉鱼，一股尿骚味竟让人感到晕眩，后来听大人们说这是氨水的味道，也是这种鱼的特殊味道。

由此我知道，鱼还有这样一种味道，从此对𫚉鱼敬而远之。而且𫚉鱼一直属于低值鱼类，在改革开放之初的夜市大排档都很少见到，只记得当年在杏花桥边上有一些流动的鱼贩，一直都有个头挺大的𫚉鱼出售，这里卖的鱼都很便宜。

后来我无意中发现鲨鱼也有氨水味，只是我们遇到鲨鱼的机会极低。

为什么会有这种氨水味？其实魟鱼也是鲨鱼的一种，鲨鱼和近亲们没有肾脏和膀胱，所以只能通过皮肤来排泄，同时，由于魟鱼是一种软骨鱼，为了避免被海水"榨干压扁"，作为一项保护和应对措施，它们会在身体中积累高浓度的尿素，使得体液渗透压高于海水，避免体液外流。

由于鱼的表层含脲，保鲜不好，尿素就会转化为氨和二氧化碳，味道也就飘逸开来。

过去的保鲜手段有限，摆卖的鱼类都不可能太新鲜，氨水的味道会非常浓烈。可任何奇食怪味都有其追随者，我曾经和一位大哥一起吃饭，因为魟鱼没有氨水味，大哥便认为鱼不新鲜，把服务员训了一顿。

后来了解到，在韩国便有大量的氨水味爱好者，他们会特意将魟鱼放置在冷库里让其发酵一个多月的时间，让氨气充分释放出来，再进行烹调，要的就是这种让人窒息的味道，多少让人感觉有点自残的意思。

若干年后，有一次在汕头福合埕的一家海鲜大排档，无意中品尝到了新鲜的魟鱼，那是一条刚刚宰杀的活鱼，它细嫩的肉质和鲜美的味道又刷新了我的认知，原来，新鲜的魟鱼竟可以如此美妙。

烹饪新鲜的魟鱼再简单不过，只需要潮汕的酸咸菜和一些姜丝、葱段就可以了，酸咸菜实在是鱼类的最佳伴侣。除了鲜美之外，魟鱼还可以更香，诀窍就是煮的时候要加入几片肥美的魟鱼肝，魟鱼肝比鹅肝更粉嫩，而且有较多的油脂，可以让鱼肉更加润滑。

魟鱼在潮汕地区其实名头不小，韩愈当年被贬潮州写下了《初南食贻元十八协律》，正因为这篇文章，有人拉郎配把它作为潮州菜系历史的起源，文中写到的"蒲鱼尾如蛇，口眼不相营"，其中的"蒲鱼"便是魟鱼。

潮汕俗语："一魟二虎三沙毛四金鼓。"这个排名榜比较独特，是按鱼的毒性安排的座次。这四种鱼身上都有毒，能够对人造成伤害。而魟鱼独占鳌头。潮汕说的魟鱼包含各种魟鱼、鳐鱼、蝠鲼等，只要长得像个风筝，身体呈圆形或菱形的扁平状还拖着一条长尾巴的都算。魟鱼的长尾有一棘刺，含有剧毒，如果被刺到疼痛自然不必说，甚至还会危及人的生命，所以渔民抓到魟鱼，一般都会先把毒刺剪掉。

或许正因为魟鱼有这根神出鬼没的毒针，所以让人十分忌惮，于是它的形象也被妖魔化，有"魔鬼鱼"的恶名，古时它还有另外一个名字称"鲛鱼"，也被包装成如妖似魔的存在。

鲛鱼一直不是一个好形象，系列电影《狄仁杰》中就有一集鲛鱼精出来害人的情节，而在电子游戏和动漫领域，鲛鱼也常常是邪恶形象的代表，这应该和它强大而神秘的杀伤力有关。

"鲛"字在《说文解字》中的解释："鲛，海鱼，皮可饰刀。"

从遗留的一些古代精致兵刃上可以看到鱼皮的装饰物依然保存完好，其中最为珍贵便是魟鱼皮。因为大型的魟鱼皮不仅非常坚韧，而且鱼鳞会像珍珠一样突起有序排列，在正中央还会有一颗相对较大的珍珠粒，以别于其他的鲨鱼皮。而据唐代的《通典》记录，当时中国沿海的临海郡、永嘉郡、漳浦郡和潮阳郡都有"鲛鱼皮"上贡朝廷，用以装饰兵器。潮阳郡大概也就是现在的潮汕地区，唐朝时期有一段时间将潮州改为潮阳郡，短暂的十几年后又重新改为潮州，由此可见，潮汕地区在唐朝的时候是魟鱼的主要产区。

时至今日，日本还将魟鱼皮称为"鲛皮"，这应该是日本的遣唐使从中国学过去的，而且日本的刀剑上也装饰了同样的鲛鱼皮，日本人学习能力真强。泰国人则用魟鱼皮装饰包包，同时推出了许多仿造品，感觉格局就低了许多。

≈ 羞羞的"夫人" ≈

对于南海边的居民来说，淡菜是再熟悉不过的一种日常贝类。

在海边随处都可以见到大小不一攀附在岩石上的淡菜，它们锋利的外壳让海边的石头变得十分恐怖，常常让海边游泳的人不小心就被割伤，如果风浪大，人被冲到石头上，甚至会遍体鳞伤，危及安全。

淡菜指的是贻贝，也叫海红、青口、旺菜，由于生命力极强，目前，中国沿海从北到南，沿海各省都有人工养殖，由于是寻常之物，价格也很便宜。潮汕人喜欢用它做汤，无论是煮粿条汤米粉汤还是菜汤，下几只淡菜可以调味，虽然不起眼，但只要它的存在，汤便有了海鲜的气息。

它也特别受到烧烤摊的欢迎，加入蒜蓉辣椒，从性价比看，要比烤生蚝烤鲜鲍鱼烤带子有竞争力。

在我看来，最好的吃法也是最简单的做法，把买来的淡菜放入锅里不加水，盖上盖子，加热待它开口就可以拿出来吃了，不可煮得太熟，原汁原味，最为鲜美。

切记，淡菜不用加盐，它本身就含有盐分。

关于它名字的由来有多种说法，我比较倾向取信于《清稗类钞》

里的说法:"淡菜为蚌类,以曝干时不加食盐,故名。"

大概在十多年前,有一种来自新西兰的淡菜曾经被包装成了高大上的食物,收割了不少食客的智商税,各种私房菜和西餐厅都迅速被它占领,还有各种传闻在粉饰它的食用功效。可事实上,它除了外观上颜色更鲜艳个头更大之外,味道上还不如本地的淡菜,它属于绿唇贻贝。当然,外来的和尚好念经,进口的食材好蒙事。因为利润率极高,所以被商家所追捧,其实它在新西兰也是低值的食物,没过几年,它的价格一路暴跌,现在成了酒楼自助餐里面最常见的凉菜海鲜,只因为它便宜。

一段时间,西餐厅都有一个菜叫"芝士贻贝",号称西餐名点,其实味如嚼蜡。动不动就是"经典菜式",真的是屎壳郎穿迷彩服愣充小吉普,黑猩猩穿马褂愣装文化人。其实远不如本土最普通的蒸蒜蓉辣椒。

在口感上,汕头本地的淡菜质量并不比进口的差,而且一直有出口,据媒体资料,2017年,汕头就有一批重22吨、货值9.3万美元的贻贝出口到对食物质量十分挑剔的新加坡。

淡菜还有一个非常奇怪的名字叫"海夫人",有商家也打着这样的宣传名号,但却不知道是什么意思,或许认为是像"水果皇后"一般的溢美之词吧!但事实却让人羞于开口,甚至觉得有些耍流氓的味道。

清朝的聂璜在《海错图》里如此解释:"肉状类妇人隐物,且有绒毛,故号海夫人。""海夫人"的名字竟然由此而来。聂璜还写了一首打油诗《海夫人赞》:"许多夫人,都没丈夫。海山谁伴,只有尼姑。"

[被称为「海夫人」的淡菜]

市场上买回来的淡菜都可以清晰地看到肉上有一撮黑色的绒毛，吃的时候要尽量把它摘除干净，其实，这些所谓的绒毛是淡菜的"足丝"，每根足丝的顶端都有一个吸盘，所以淡菜能够牢牢固定在岩石之上，任由风吹浪打岿然不动。

而更有意思的是，潮汕过去有一种说法，认为淡菜是壮阳之物，只因为淡菜煮熟之后有一根柱状的肉棒挺拔而起，相对于整个淡菜肉而言，是一览众山小傲然屹立的姿态，被人误认为是淡菜骄傲的阳具，按照以阳补阳的理论，自然成了壮阳之物，其实那是天大的误会，那根肉棒是淡菜的脚。

淡菜的性别身份就是这么复杂！双唇紧闭间，安能辨我是雌雄？

其实，贝类的确有雌雄共体的，不过淡菜亦有雌雄之分，非常简单，红肉为雌性，白肉为雄性。但事实又非常不简单，它们随时可以做性别的转换，完全不用手术刀，科学的说法称"性变"，与水温有关，分水岭在水温 20℃，水温低于 20℃雄性就多，水温高于 20℃雌性就多。

  我想大概的意思，水温高的时候便于繁殖后代，所以需要更多的雌性吧。对于生物来说，繁衍生息是所有活动的总抓手和终极目标，生物的本能让繁衍生息成为最高法则。

≈ 蛏子的记忆 ≈

人生海海,不分好歹,当回首往事的时候,最深刻的记忆总是那些细枝末节的小事。不论巫山与沧海,漫漫人生路,风雨几度秋,相随的是酸甜苦辣的人生况味。

每一次吃指甲蛏都会勾起我对一位故人的回忆,他是我大学同宿舍的同学,排行老三。

记忆中,指甲蛏是一种我从小吃到大的最平民化的一种海鲜,不像薄壳有非常强的季节性,它可以说是许多潮汕小朋友们了解海鲜味道的启蒙物。

实话说,指甲蛏属于相对常见低值的贝类,中国沿海的居民司空见惯,但对于内陆的人来说却不一定熟悉。有一回内陆的大学同学到访,老三陪同。大排档上了一盘炒指甲蛏,老三毫不犹豫整个带壳往嘴里送,同学自然是有样学样,看着别人嚼得莫名其妙的时候,他早已转头把指甲蛏吐出来了,恶作剧是他的长项。

在同学们的眼里,潮汕人绝对是特殊存在,我们有独特的生活习惯,有些小聪明又会使坏,不是"神人"就是"疯子"。

当年一心想学新闻,广东省第一批志愿的院校专业没有新闻学,所以我第一批志愿选择的三个学校分别是北京广播学院、中国人民大学和华中理工学院。北京广播学院是一所精致的学校,每年只招收两百多人。除了北京以外,其他省份隔年招生,每个专业各省区最多只招两人。幸运的是,当年新闻学的两个学生都来自潮汕。而实际上,

[汕头本港的竹节蛏,学名缢蛏]

[长竹蛏烹饪的时候需要先开膛破肚清洗内脏]

[用于打火锅的大竹蛏]

同寝室七人竟然有三个潮汕人，这在北京的高校里可能绝无仅有。

我的上铺老大是一位神人，上一年因为对专业不满意，从北京大学退学第二年就考上了北京广播学院，他是从青海考来的"潮汕人"，父母是当年选派到青海参加科研工作的潮汕人，但生活习惯严重西北化。

老三来自揭阳，外号"疯子"。我们一起干过许多外人看起来不可思议的事情，比如每天都要洗头洗澡，可学校男生澡堂每星期只开三天，于是我们俩每天就在宿舍水房里洗凉水澡，即使是大雪纷飞的冬天。正是因为经历了寒冬腊月冷水浇头的磨炼，往后面对工作生活中泼来的温水冷水脏水矿泉水也就能镇定自若，等闲视之。

老三曾经和我们一起到通县方便面厂进货，在宿舍里卖方便面；一起购买北京人几乎要扔掉的鸡皮，用鸡皮熬鸡油做饭煎鸡蛋；一起泡茶喝酒踢球打麻将……为照顾一位想看望儿子却因故滞留北京的老人，两人一起放弃回家过年，在北京的冬夜迎来了几十年来最大的一场降雪。

当然，老三还有许多疯狂的举动。比如在一个星光灿烂的夏夜，他能够翻过宿舍围墙搬来一床铺的西瓜，说是为了降温；买水果询问人家甜不甜？小贩说包甜，他却说只想买酸的；曾经辞掉稳定的工作跑到东北给一位大老板打工，却因理念不同毅然分手；自从买了汽车却开始走路上下班，每天花三个小时在路上亦无怨无悔……老三羸弱的身板却有一颗强大的心，为人豪爽侠义，一听说打架就敢拎酒瓶子，而潮普惠潮汕人豪放而包容的性格又让他能"四海之内皆兄弟"，三教九流各色人等构成的错综复杂的关系网总能让小校园的掐架变成"不打不相识"的酒局，江湖太小掀不起波澜！

当年电视系一哥们喝了顿大酒，酒精中毒昏迷不醒，我和老三"见义勇为"把他抬到医务室，最后又转送医院，哥们最终抢救过来转危为安，后来成为央视一个重要部门的负责人。而大冬天的那个晚上，我们俩在医院被冻得直哆嗦，为了御寒只能在楼道里小跑了一整夜，感觉医院里多了两个精神病人。

由于是同班和同乡，干什么事情基本都同步，无论好事坏事无聊事……

历历往事，皆是同窗情谊；刹那芳华，恰似同学少年。就是这么一个可爱可恨的老乡却因病走了。

过去到广州出差有时间必约饭，这几年却很怕上广州。无伴独上酒楼，月如钩，酒似冰，寒了心，伤了神。

而吃指甲蛏的那个场景在脑中挥之不去，只要吃指甲蛏就会忆起似水流年的那些人和事……所以我说蛏子,其实无关味道。

我国南方沿海的人喜欢吃的蛏子主要有两个品种,潮汕人说的指甲蛏学名缢蛏;还有一种长条形的叫竹蛏,它有大小之分,在烹调的时候需要先开膛破肚清洗内脏。

有福建的朋友曾经戏称"蛏子是福建人的命",闽菜中有不少经典的蛏子的做法,比如"蛏抱蛋"的名气似乎不亚于"虾扯蛋"。

福建闽南语"蛏"的读音为"滩",基本上与潮汕话一致。明代屠本畯所撰《闽中海错疏》有载:"生海泥中,如指,长三寸。肉白壳薄,两头稍高,谓之蛏"。明李时珍在《本草纲目》中称:"蛏乃海中小蚌也……闽粤人以田种之,候潮泥壅沃,谓之蛏田。"还是江浙一带文人墨客想象力丰富,在留存的文字记录中竟把它称为"美人腿""西施舌",颇为香艳。

潮汕人用指甲蛏做菜的花样也不少,除了家庭常见的爆炒之外,还可以盐焗。当然,用淡盐水烫一下取出蛏肉后第二次烹调的空间就

[大红卵,古称"西施舌"的原材料]

更大，可以做蒸蛋，可以炒蒜蓉，可以煮咸菜汤，也可以裹上炸粉油炸，都是上得台面的菜。

海边的人对于贝类的评价，最主要的判断依据就是鲜不鲜美。

贝类的这种鲜味是肉类所没有的，之所以把海产称为海鲜，就是因为海产在食物中以鲜美而傲骄。

据有关资料，海鲜的鲜味成分包括谷氨酸、甘氨酸、丙氨酸、精氨酸、甲硫氨酸、缬氨酸、脯氨酸，它们与无机离子（钠、钾、氯、磷酸）结合形成氨基酸盐，另外还有肌苷酸和鸟苷酸分别形成的两种核苷酸盐。鸡肉等禽畜肉的鲜味主要是肌苷酸盐，而同样被称为能"鲜掉眉毛"的菌类则是因其富含鸟苷酸盐，客观上说，它们的鲜味元素都比不上海鲜丰富。

正因为海鲜的鲜味突出，人们才会想到从海带里提取谷氨酸钠，也就是味精。现在的味精主要通过发酵的方式来制作，但结果一样，就是为了提取谷氨酸钠，所以，许多海鲜在烹饪的时候不需要放味精，而味精也并非如一些传闻那么可怕，有些人拒绝味精，但你能拒绝海鲜中的鲜味吗？

蛏子头上长着两个像角一样的软管，为它的萌值加分，一般都认为这是它的嘴，其实不尽然，其中一个是捕食器官，一个是排泄器官，也就是说，一个是嘴，一个是肛门。功能和职责清晰，不像有些人类器官功能紊乱，说话跟放屁似的！

≈ 天下第一鲜 ≈

我经历过的沙滩,汕头的南山湾排在第一位,沙子特别细腻柔软,赤足走在沙滩上格外舒服,而且沙滩特别辽阔,无论是看朝阳还是落日余晖,抒发"面朝大海,春暖花开"的情感,这是最好的地方。

可惜南山湾暗流太多,不能游泳,沙滩一直没有进行商业开发,保存了原始的状态,便有许多乐趣在其中。

你可以看到小沙蟹挖洞穴时,在沙滩上留下的类似于外星人密码的图案。

你可以观察到被海浪冲刷到沙滩上的小贝类是如何快速地钻进沙土里面。

特殊的天气下,还有一些贝类和鱼类被冲刷到沙滩上,甚至还可以在沙滩上捡到漂流瓶……

这片沙滩还出产一种潮汕人称为车白的贝类。经常能够遇到在风浪中用耙子耕海挖车白的渔民,看到他们在海中艰苦的作业总是让人不禁唏嘘感叹。

据渔民们介绍,现在个头大的车白越来越少,个头比较小呈三角形的小贝类反而成了南山湾最主要的产品,濠江人称为"斧头枝",

当地人认为它虽个小，但比大车白更鲜美，一般用大蒜炒了吃，与薄壳一样忌炒过火，开口出水即关火出锅。记得当年潮菜大师林自然管它叫"三角车白"，也认为用它生腌比大车白味道更鲜美。

[生腌中的神品：生腌车白（文蛤）]

有游客拿着铁锹去挖车白，总会遇到渔民的阻止，渔民们会告诉他，这些车白是他们放养的，但游客可以在沙滩上捡那些被冲上来的小车白。

有一次我直接跟渔民购买刚捞上来的车白，回家后立即进行了腌制，但未承想却不成功，刚捞上来的车白虽然新鲜但没有吐沙，还是没有经验。

除了吐沙之外，太新鲜的车白还非常难开口，腌制后很难掰开，现在普遍的做法有两种：一种是用开水烫一下然后再腌制，另一种是把它放在冰箱里冷藏，让它自然微微开口再腌制。

虽然看似简单但要腌制得好却不容易，持恒书屋李春淮先生尝试了很多家的生腌车白，最终才找到一家让人满意的，不仅个头大而且非常鲜美，我一次能吃一盘。

潮汕人称的车白学名叫做文蛤，是东亚地区常见的一种海贝类，过去潮汕海边的沙滩都可以采集到，到海边游泳经常可以在沙滩里踩到，但现在很少见。

文蛤在海贝中以鲜美著称，喜欢吃的人众多，其中就有许多名人和文字记载了。唐朝的时候曾作为贡品。它的鲜味来自蛤肉富含的氨基酸与琥珀酸，可当成汤汁的调味品，甚至有"天下第一鲜"之称，当然这又是一个和乾隆皇帝下江南有关的传说，乾隆皇帝初次品尝到文蛤以后，欣然给它起了名字。

传说一般没有文字记录，但文蛤被帝王赞美却实实在在确有其事。东晋之后的南朝经历宋齐梁陈四个朝代，其中，梁朝时的梁元帝萧绎是一位出色的文学家，他自立为帝数年后就被西魏所灭。这位学识渊博的皇帝在等不到援兵的悲愤之时，竟然把怒火撒到了藏书之上，决定销毁文化成果，说了句"文武之道，今夜尽矣"，便将梁宫中珍藏的十四万卷书付诸一炬，在中国的历史长河中，有历史学家把这一行为与焚书坑儒相提并论。而就是这位短命的皇帝写过"车螯味高"赞美之词，指的就是文蛤。

唐朝的笔记体小说集《酉阳杂俎》有载"隋帝嗜蛤"，但因为文体的原因可信度不高。另有一说，宋仁宗也喜欢车螯。但据有关文字记载，宋仁宗不是喜欢吃，而是拒绝吃。有妃子买来二十八只文蛤请仁宗皇帝品尝，从海边运到开封路途遥远，一只文蛤要一贯钱。宋仁宗反对奢靡，拒之。按当时的生活水平换算，二十八贯钱可供十口之家的城市居民两个月的消费。仁宗的谥号还真不是白给的。

宋朝大文豪欧阳修就没有宋仁宗那么客气，把士大夫们争吃文蛤的场面记录了下来："共食惟恐后，争先屡成哗。但喜美无厌，岂思来甚遐。"

到了清代，美食大家袁枚在著名的《随园食单》里则记载了吃法："剥蛤蜊肉，加韭菜炒之佳。或为汤亦可，起迟则枯。""捶烂车螯作饼，如虾饼样煎吃，加作料亦佳。"

在日本，文蛤还具有象征意义，坚实的贝壳成双成对相互配套，所以从德川幕府时期开始就成为"夫妇和合"的意象，乃婚庆上必不可少的食物。

潮汕人喜欢用文蛤煮咸菜做汤，通常的做法是将文蛤用刀对开，它最鲜美之处是蛤中含的水，所以吃海鲜火锅的时候可以放几颗文蛤做汤底，文蛤肉特别容易老而变得坚韧，不可久煮。个人觉得最好的吃法是烧烤，待它"嘣"的一声脆响，开口即吃，最美不过是那一口蛤肉中的汤汁，鲜盖天下。

≈ 鱼来有信 ≈

进入二十一世纪,媒体的一则报道引发了广泛而热烈的反响,是关于人们熟悉而又陌生的鲥鱼。一份纸媒报道:在南京的一个水产市场出现了六条长江鲥鱼,卖出每斤2200元的天价,六条鱼卖了近三万元。

鲥鱼的名字对于长三角的居民来说再熟悉不过,那是曾经让他们引以为傲的高级食材,但是它又是陌生的,因为它已经很长时间没有出现在人们的视野中,早在二十世纪九十年代就已经绝迹消亡,至今世上流传的只是它隐约而若隐若现的名字。

果然,随后就有水产专家拿出来权威的说法,这六条被贩卖的鱼并非真正的长江鲥鱼,而是引进的美国种鲥鱼,价格应该在五百到八百元一斤,但这样的价格依然让人望鱼兴叹!

鲥鱼、刀鱼和河豚并称长江三鲜,三鲜中又以鲥鱼为尊,号称"鱼中之王"。鲥鱼每年四五月份应信而来,进入长江产卵,到九十月份再洄游到海中,年年准时无误,故称鲥鱼,意为守信守时。鲥鱼性猛,游击迅速,鱼鳞锋利,所以又称"混江龙"。鲥鱼又与黄河鲤鱼、太湖银鱼、松江鲈鱼并称中国历史上的"四大名鱼"。早在汉代就已声名远播,有关的故事更让鲥鱼蒙上神秘的面纱,东汉名士严光(子陵）年轻时帮助同学刘秀起兵并夺取天下，但事成后却退隐山林，相传光武帝刘秀召其入朝当官，他曾以难舍鲥鱼美味为由拒绝了。为了吃鱼竟然置天子于不顾，真是"拼死吃鲥鱼"啊！严子陵隐居在今杭州的富春山，他以山水为友垂钓为乐，当地后来竟然将他挚爱的鲥鱼称为"子陵鱼"。

鲥鱼名声大噪离不开文人的功劳，历史上有许多文人为它不惜笔墨。

苏轼赞曰："尚有桃花春气在，此中风味胜莼鲈。"

王安石则说："鲥鱼出网蔽洲渚，荻笋肥甘胜牛乳。"

从明代万历年间起，鲥鱼成为贡品，至清代康熙年间，蒸鲥鱼被列为"满汉全席"。

而说起鲥鱼，不少现代人反而记得张爱玲的感叹——人生有三大恨事：一是鲥鱼多刺；二是海棠无香；三是红楼未完。

其实多刺之叹并非始于张爱玲。我在翻阅清光绪甲申年（1884）《潮阳县志》"物产"卷时就发现"鲥鱼"词条：甘肥异常，腹下细骨如箭镞，味甘在皮鳞之交。彭渊材谓"一恨鲥鱼多骨也"。彭渊材为北宋名士、音乐家，他总结了"平生五恨"：一恨鲥鱼多骨；二恨金橘太酸；三恨莼菜性冷；四恨海棠无香；五恨曾子固（曾巩）不能诗。张爱玲不过是模仿彭渊材而已！

而如今，更应该感叹的是长江鲥鱼的灭绝，"鲥"不我与更是大恨。血统纯正的鲥鱼吃不到了，现在能吃到的鲥鱼大多是从美国引进养殖的品种，还有一些是直接从缅甸等地进口的。

鲥鱼是洄游鱼类，每年春夏之交，鲥鱼从沿海进入长江，在沿江湖内产卵。长江下游段水面宽，水草多，是鲥鱼栖息繁衍的理想场所。宋朝梅尧臣所留名句"四月鲥鱼逴浪花,渔舟出没浪为家",就是描写当时渔家捕捞鲥鱼的景象。郑板桥诗曰:"江南鲜笋趁鲥鱼,烂煮春风三月初。"鲥鱼三四月最为味美,它的鳞片当中含有很多的脂肪,因此,制作鲥鱼菜是不去鳞的,蒸熟之后,鳞片的油脂渗入肉中,味极滋润鲜美。鲥鱼肉质鲜美,清蒸最佳,潮汕的做法是用酸梅酱蒸,酸味更能激发鲜味,个人最爱!

其实作为一种洄游鱼类,鲥鱼并非长江特有,我国的其他江河水系也有,江南一带的许多物产出名,或许与当地经济文化发达、有条件出了许多美食家从而留下许多诗文记载有关系。潮汕文献中对鲥鱼也有不少记载,清嘉庆版《澄海县志》载:"鲥鱼,体长色白,腹下有三角鳞,如甲肪在甲中,初夏时至余月则无。"广东有鲥鱼,同时还有三黎、鰳鱼,与鲥鱼无论外表、味道极为相似,有些书籍还为此有过争论。《揭阳县正续志》就认为鲥鱼即三黎:"鲥,土人名三黎鱼,盛于四月。鳞白如银,腹下细骨如箭镞。味甘在皮鳞之交。"清代学者屈大均也认为"三黎者鲥也,是一物而以大小异",意思是三黎是小鲥鱼。实际上鲥鱼和三黎、鰳鱼都同属于鲱科鱼类,是同宗的堂兄弟,只是机缘巧合,命运遭遇不同罢了。清嘉庆版《澄海县志》则从时间上对鲥鱼与鰳鱼进行区别:"鰳鱼,状如鲥,小首细鳞,腹下有硬刺,以四月至海上渔人听水声取之。"清光绪《揭阳县正续志》里还强调:"鲥鱼,海出者最大,鳞白如银,腹下细骨如箭镞,味甘,在皮鳞之交。"

鲥鱼还是特别娇贵的鱼种,出水即死,而且夏日稍久即变味。因为名声在外而成为贡品,但以明清当时的条件,快递业还处萌芽状态,更没有冷链系统,虽然想尽办法,什么"驿马快传""冰篓护鱼"

"炎天冰雪护鱼船"等等,可是从长江一带运到北京会是什么样的品质呢?

我一直在困惑所谓贡品的那些地方新鲜特产经过长时间运输到达禁宫后会是什么样?"一骑红尘妃子笑"?不耐保存的荔枝大热天的一路风尘到达京城,不变味才怪,还笑?不过是千古不变的女人收快递的心情吧!

明朝开国在南京,所以就近还能吃到新鲜的鲥鱼,便把鲥鱼列为贡品,据说也正是这个时候鲥鱼身价暴涨。与老祖宗一样,永乐皇帝迁都北京之后,朝廷依然指定鲥鱼为贡品,可这么远的路途,一路颠簸而至,难免面目全非。

获得第六届茅盾文学奖的作品《张居正》里有一段故事,可以借鉴一下,当时明朝专门设有鲥鱼厂,新任管事太监王清出差到江南,终于吃到了新鲜的鲥鱼,但他在品尝之后却拍案而起,拉下脸骂人,说人家糊弄他,认为鲥鱼的味道不正。呵呵!原来他在大内二十年,吃的都是远道而来带有腐败味道的鲥鱼,习惯了变质后产生的臭味,于是闹了笑话!

称"龙"的鳗鱼

在潮汕人的眼中,鳗鱼向来是大补之物。这个认识与日本、韩国相似。二十世纪八十年代,潮汕地区引进养鳗技术,在全国开创了鳗鱼的养殖业,虽然产品大量出口,但潮汕人还是因此有了更多的口福。因为在此之前,野生的鳗鱼并不容易捉。

养殖的鳗鱼为"乌耳鳗",这是潮汕人熟悉的品种。有歌谣唱道:"南海堤外是海滩,南海堤内乌耳鳗,乌耳肥美营养好,想食乌耳勿打嗝。南海堤外是海滩,南海堤内乌耳鳗,乌耳好食想困肚,想食乌耳学掠鳗。"

可见,乌耳鳗曾经是最受欢迎的鳗鱼品种,但随着时间的推移和饮食习惯的变化,如今乌耳鳗却远没有"杜龙"受欢迎。毕竟,从对滋补功能的迷信上说,养殖的永远都比不上野生的。

杜龙也写作"窦龙",闽台称为"土龙",但我怀疑潮汕的叫法应该源自闽南,只是在传播的过程中"土"音变成了相近的"杜"音。杜龙属于蛇鳗,学名中华须鳗。它主要栖息于礁石堆或浅滩,亦经常出现于砂泥底或石砾堆,以鱼类为主食,亦捕食甲壳类,如蟹类、虾蛄及虾类等。杜龙生命力顽强,据说头掉了依然能顽强地爬行,它善于用尖圆的尾巴掘泥打洞。嘉庆《澄海县志》记杜龙:"似鳗而长倍之，性悍健，能穿堤防，肉甚坚，必捣之，而后可烹，味与鳗类。"

其实，长期以来杜龙并不是受欢迎的鳗鱼品种，它肉质坚硬而且浑身骨刺，更重要的是，在那个谁都缺少油水的年代，杜龙与油脂饱满的乌耳鳗相比简直就是"黑穷丑"对上了"白富美"，加上烹调手法不对，杜龙属于鳗鱼中的"次品"，一般只为码头工人所食用。当年在市区杏花桥上常见不法小贩以"杜龙"冒充"乌耳鳗"出售，谁买回家做个"酸梅蒸鳗鱼""红焖鳗鱼"什么的就难免大呼上当，硬邦邦的鳗鱼肉是"食之不得，弃之可惜"。

虽然杜龙在很长时间里只能充当乌耳鳗的赝品，但它又一直被看成是最有效的壮阳食物之一，在闽南语系的地区，以"龙"呼之，绝不是随便叫的。在生活水平较高的台湾地区，它一直属于高价的滋补品。而对于杜龙，传统吃法就是切段炖汤，普通的是炖黄豆，也有炖高级药材的，直炖到杜龙肉骨分离，去渣，喝汤。对于当年物资缺乏的大陆来说，这简直是不可理喻地浪费食物。

现在市场上出售的乌耳鳗绝大多数都是来自养殖场，养得更为肥胖，即使没有养殖的卫生安全风险，人们也开始觉得它太过油腻。于是，同样美味的野生杜龙给了人们更大的想象空间，围绕着怎样处理食材的问题也有了新的突破。

记得上世纪九十年代初，汕头一酒店推出了"杜龙粥"就很受食客欢迎，与原来炖汤的方式不同，据称，酒店是先将切断的杜龙煮熟，然后用敲打的方式让它骨肉分离，当然杜龙肉也基本上变成肉末，再用鱼肉与高汤煮粥，撒上一把芹菜粒，十分鲜美。冬天的时候加入大量的胡椒，爽口暖胃。

有人说，潮汕人饮食方面有两大"利器"：一是煮粥，二是火锅。

果然，在杜龙的处理上，火锅如今成为主流，在汕头市区，有不少杜龙火锅店长盛不衰，而且越开越多，这也是技术上的进步。

味美的鱼类一般都多骨刺，杜龙亦然，因为骨边肉一般较为紧实，多骨则肉坚，所以有人也将杜龙类比鲥鱼，密密麻麻的细刺几乎到了令人无法下口的地步，但却因美味而令人神往。如何处理这些骨刺成了食用的关键所在。经过了经验总结，现在人们掌握了宰杀、处理的方法。店家会先将杜龙淋过热水，再用干毛巾把鱼身上的黏液擦干净，随后将杜龙剖开，去除脊骨之后，将鳗皮朝下，用纵横交错的刀法将骨与肉都切碎，在这过程中还能将细骨剔除，极考究刀工，一番操作以后，浅黄色的鳗鱼肉已呈棉花状，但鳗鱼皮保持完好，之后切成块状来下火锅。

杜龙肉片在沸汤中涮过，十几秒的时间就熟了，鳗鱼肉变得雪白松软可人。潮汕人喜欢用它蘸酸梅酱，紧实细腻的肉质和爽脆的鳗鱼皮相得益彰，味觉和视觉上的美感叠加交融。语文老师若是此时来教什么是"通感"，我想是极易理解掌握的。

PART TWO
第二辑

海洋至味

≈ 生腌至味 ≈

说起来有意思,我小时候能够吃到的生腌不是虾蟹,也不是蚝仔,那是母亲非常喜欢的腌虾蛄。

人们总是喜欢说潮汕话中保留了许多古汉语,吃喝拉撒都与古汉语为伴,筷子叫"箸"、喝酒叫"吃酒"、厕所叫"东司"等等。可是越古远的东西似乎与科学的距离越远,可偏偏潮汕人说的虾蛄却是它的学名,虽然它的别名多如牛毛,也就潮汕人叫得最为准确。濑尿虾、虾爬子、螳螂虾、琴虾、琵琶虾、皮皮虾等等,这些名字都有一个共同的错误,其实虾蛄根本就不是虾,这些都是实实在在的"瞎"叫。

历史上,潮汕地区虾蛄的产量很高,价格也贱,改革开放前,腌制的虾蛄是番薯粥常见的物配。换句话说也就是穷人的食物,上不了台面。

母亲腌虾蛄的方法特别简单,切段拌上大蒜和盐,腌上几个小时就大功告成。

清康熙年间的画家聂璜在《海错图》里写道:闽人于冬月多以椒腊生唉,至三月则全身赤膏,名"赤梁虾蛄"。

生吃的传统由来已久,闽南和粤东地区向来在食俗上有更多相通之处。

小朋友都喜欢香脆的食物，对腌制的海鲜没有兴趣，特别是虾蛄甲壳的边缘极为锋利，易划伤嘴，便敬而远之。

［潮汕生腌可以是生蚝，也可以是虾蟹，被戏称为"毒药"，食用过后让人上瘾］

而让人觉得奇怪的是，不知为何那时的虾蛄又细又小，竟然未曾见过满身虾膏的赤心虾蛄。在那个什么东西都要凭"本儿、票儿、券儿"的供给时代，那些高质量的虾蛄不知道都跑谁家里去了？

当下知味识食的人越来越多，虾蛄的市场价格也一路攀升，现在的赤心虾蛄已经不是随意就能下得去手的，特别是过年的时候，因为它的价格太烫手。

虾蛄是海洋里的机甲战士，而且在海洋中潜伏时间久远，据说它这个外形已留存了四亿年，说明这副机甲很先进很实用，不用迭代进化不用换，因为一直保持着强大的战斗力。

而它的捕食方式更像是落草之寇，蛰伏在隐秘的角落，以"此山是我开此树是我栽，若想打此过，留下性命来"的强盗逻辑，以突袭的方式给予猎物致命一击。

虾蛄有一个常见的别名叫螳螂虾，这是因为它长了一对带锯齿的捕捉足，如果仔细观察会发现，捕捉足的锯齿是向外的，恰巧与螳螂相反，说明它的使用方式不同。因品种不同，虾蛄的捕捉足有两种类型，一种是锤形的，一种是尖刺形的，但攻击猎物的效果是一样的。天下功夫，唯快不破，虾蛄的攻击速度在动物界排名第二，仅次于兵蚁的大颚。而速度可以转化为力量，所以别以为它是一对小粉锤，却可以击破玻璃，我们在视频资料里可以看到它轻易地将一只螃蟹的外壳击碎，把螃蟹击晕然后拖回去慢慢享用。

凭着这种守株待兔的猎食方式，虾蛄基本上可以不离开巢穴，这也决定了人类要捕捉它们一般只有采用底拖网的作业方式，才能沙里淘金般地把它们从泥沙里淘出来。但底拖网因对海洋渔业资源"大小通吃"和对海底环境的破坏等原因，被联合国粮农组织（FAO）渔业署和环保组织一再呼吁和推动禁止。而《中华人民共和国渔业法》也规定，海洋大型拖网、围网作业实行许可制度，捕捞许可证要由省、自治区、直辖市人民政府渔业行政主管部门批准发放。所以，落后的作业方式注定虾蛄的产量必定会下降。

就我个人的观点，虾蛄是肉质最鲜美的海鲜，其肉尤胜于虾，而其膏则不输给螃蟹，所以，二者结合的赤心虾蛄是优势互补，汇虾蟹之美胜过了野生虾和螃蟹。

当然，对于海鲜来说，口感的判断多建立在生吃或腌制的基础上，若是煮熟了，便没有可比性。如果卫生许可，许多海鲜生吃的味道要远甚于煮熟，也往往只有生吃才能真正地体会到海鲜的甘甜鲜美。被称为深海极品的金枪鱼如果做熟了就是暴殄天物，大龙虾蒸熟了口感还不如小沙虾，海胆蒸熟了与鸡蛋黄也没什么大的区别，进口的生蚝要是把它煮熟，算了！我还是来点白糜配咸菜……赤心虾蛄才是潮汕生腌的至味，是"潮汕毒药"中的极致。而且要经过冰冻，解冻时间也要掌握好，不能太硬也不能完全解冻，冰凉口感是海鲜鲜美滋味的加分项。

中国东南沿海虾蛄的主要品种是口虾蛄，个子不大，但是产量不小，从南到北沿海都有，最普遍的吃法就是白灼，喜欢吃辣的地方也可以用它去炒辣椒。香港因为周星驰的一部电影让大家记住了"爆浆濑尿牛丸"这种源于潮汕牛肉丸的变种，而真正的传统名菜是"避风塘椒盐濑尿虾"，源自香港疍家人的做法，濑尿虾要经过两次油炸，让原本拉嘴的外壳变得酥脆，不再成为美味的障碍，而且多了一份焦香。

我第一次吃到有三根手指大的虾蛄是在香港，现在在汕头一些高档海鲜酒楼也偶尔能见到，其实它是虾蛄的另一个品种：猛虾蛄。虽然能给人"大口吃肉大碗喝酒"的快感，但感觉肉质比口虾蛄硬实。由于来自东南亚通过香港进口，需较长时间的运输，对对生鲜极为挑剔的潮汕人来说，在生腌上并非好的选择，所以并不多见。

在泰国见过手臂粗壮的虾蛄，有斑斓的颜色，被装在塑料瓶中，它叫"斑琴虾蛄"。

或许为一种天然的自我保护，虾蛄外壳的边缘极为锋利，往往成为享受美食最大的障碍，虽然有各种各样传说中的剥壳方式，但真正动起手来都不如传说中的美丽，于是有酒楼为了方便食客食用，就事先把肉取出，做成了椒盐虾肉或者蛋黄焗虾肉等菜式，本来以为服务到家，却不想吃起来反而觉得味道缺失了。

后来想想，或许克服困难的劳作也会转化成味道吧，不劳而获会索然味寡，就像女生们喜欢嗑瓜子超过了吃瓜子仁，自己在阳台上种的水果才是最香的！

≈ 白虾钓狗母 ≈

记得有一年为准备年货,与几个朋友下半夜跑到了礜石大桥底下的水产市场买海鲜。

凌晨两三点的水产市场灯火通明热闹非凡,我们混迹在进货的人群中,虽然到处飘逸着鱼腥味,但一派热闹的交易场景很容易激发人的采购欲望。

朋友们大包小包地买了不少,我最后只选择了两样,一条斗鲳鱼和十斤狗母鱼。

过年吃吃喝喝的时间长,计划把斗鲳鱼腌制成咸鱼,而狗母鱼拿来油炸,都是可以放置较长时间的下酒料。

虽然这个时候并非狗母鱼最肥美的时节,但是看着个头不大,油炸后都不用吐骨头。而且狗母鱼的价格很便宜,不像一些高档鱼类过年前价格翻了倍,让人下不了手。

潮汕俗称的狗母鱼是虾虎鱼的一种,虽然个不大但却非常凶猛,它会潜伏在咸淡水交界处的泥沙里,只要见到食物就会迅猛扑食,它对虾特别感兴趣。

过去,曾偶尔去钓鱼,一般准备的都是虾肉,我带的钓具都是最低级的,只是在岸边钓着玩,无论是在鱼塘内外,钓到最多的鱼真就

[鲳鱼中最好的品种：斗鲳]

是狗母。

潮汕有句俗语"白虾钓狗母"，使用得还挺广泛，只是它的意思如今有点混乱。

过去这个俗语的意思是：付出一定的代价可以得到更大的回报，大概也就是"欲将取之，必先予之"古训的潮汕话版吧。

可是随着时间的推移，如今的这个俗语，在内涵上已经发生了翻天覆地的变化，因为狗母鱼依旧是低值的鱼类，而白虾却早已价格翻了好几番，远远超过了狗母鱼的价值。所以现在这个俗语许多人用来表达"得不偿失"的意思。

狗母鱼和汕头的别名又有什么关系呢？

汕头中心城区别名叫鮀岛，但对于这个名字的由来，却没有相关的文字记载，于是人们只能搜索"鮀"字的意思，按照《说文解字》里的解释，"鮀"为一种生活在淡水中的吹沙小鱼。而所谓的"吹沙"正是虾虎的特征之一，也就是狗母鱼。汕头这座城市因狗母鱼而得名显然没有说服力，毕竟对于整个潮汕地区来说，狗母鱼都是非常常见的一种鱼类。

这或许因为起点"鮀"本身就是错的，用一个别字去求证，得到的结论自然与实际相去甚远。

首先我们来看"鮀岛"的来源。汕头的这方土地原来的管辖单位是位于韩江出海口的鮀浦巡检司，后来韩江口外新出现的冲积岛屿就被称为鮀岛，也就是现在老市区乌桥这一片，所以在很长一段时间里，我们都把老市区称为岛内，至今许多年龄大的人还习惯这一叫法，小商贩到老市区进货也称"到岛内拿货"。

而即使是"鮀浦"，当初应该写作"鼍浦"。据说当年在鮀浦曾经有一块石碑刻录着"鼍蒲"二字，可惜后来遗失了。"鼍"指的是扬子鳄，这就和当年韩愈祭鳄有机地联系在了一起，只是"鼍"字实在笔画太多，太难写，后来才写作"鮀"，写起来更方便。而今在宣传上大量使用谐音梗其实是对汉语言文字的伤害，不规范使用国家通用语言文字的做法违反《国家通用语言文字法》《广播电视管理条例》等法律法规的基本要求，对公众尤其是未成年人会产生误导，也许将来会有更多的以讹传讹。

"鮀城"因扬子鳄、因韩愈的《祭鳄鱼文》而得名应该更说得通，总比狗母鱼让人信服吧。

虾虎鱼的种类非常多，现在见到有一些水族馆也在养虾虎，可以近距离地观察它们的生活习性，它们总是习惯于保持高扬起头颅的攻击状态，这是因为它们的下腹有一个吸盘样的结构，可以吸附在岩石上面，即使风浪来袭也不会被卷走。

狗母鱼最好的吃法就是油炸，特别是当它满腹都是鱼春的时候最是味美，汕头人把它称为"海豆仁"（也就是"海花生"的意思），是非常好的餐前小菜和酒料。汕头家庭还有一种常见"湿豉油"的做法，也是先通过油炸后淋上酱油水焖上一会让它软化，这种做法主要是为了下饭。

在汕头农贸市场的鱼饭摊位，除了鱼饭之外，基本上都会卖油炸的狗母鱼，只要新鲜，不用自己费力去处理，还是买现成的好。

≈ 养蚝与吃蚝 ≈

蚝的美味自然不必多说了。南方沿海地区人工养殖蚝的历史也不短。摘取清屈大均的《广东新语》中关于"蚝"的相关记载,很有学习研究价值:"蚝,咸水所结,其生附石,块垒相连如房,故一名蛎房。房房相生,蔓延至数十百丈,潮涨则房开,消则房阖,开所以取食,阖所以自固也。凿之,一房一肉,肉之大小随其房,色白而含绿粉,生食曰蚝白,腌之曰蛎黄,味皆美。以其壳累墙,高至五六丈不仆。壳中有一片莹滑而圆,是曰蚝光,以砌照壁,望之若鱼鳞然,雨洗益白。小者真珠蚝,中尝有珠。大者亦曰牡蛎,蛎无牡牝,以其大,故名曰牡也。"

"蚝本无田,田在海水中,以生蚝之所谓之田,犹以生白蚬之所谓之塘,塘亦在海水中,无实土也。故曰南海有浮沉之田。其地妇女皆能打蚝,有《打蚝歌》,予尝效为之。有曰:一岁蚝田两种蚝,蚝田片片在波涛。蚝生每每因阳火,相叠成山十丈高。"

"香山无蚝田,其人率于海旁石岩之上打蚝,蚝生壁上,高至三四丈,水干则见,以草焚烧之,蚝见火爆开,因夹取其肉以食,味极鲜美。番禺茭塘村多蚝。有山在海滨,曰石蛎,甚高大,古时蚝生其上,故名。今掘地至二三尺,即得蚝壳,多不可穷,居人墙屋率以蚝壳为之，一望皓然。"

屈大均生于明朝崇祯年间，而文章应写于清初，所以，南方养殖蚝应该在清初以前了。

潮汕清代的地方史志也都对蚝进行较详尽的介绍。

清顺治修撰的《潮州府志》：昌黎诗："蚝相黏为山，百十各自生"……又烧蛎房，为灰，坚白细润，用以涂壁，经久不脱。

清康熙版《饶平县志》：附海石而生，即蚝也，壳烧成灰。

清嘉庆版《澄海县志》：蛎房，《酉阳杂俎》云：生食曰蚝白，腌食曰蛎黄，味皆美……蚝崽，小蚝也，以姜醋蘸生食，味甚清脆，不觉其腥。见《岭南杂记》，今邑人皆喜食蚝生。

清光绪《潮阳县志》：蚝，一名蛎黄，以其膏黄也……潮有大小两种。

而明朝陈天资编修的《东里志》则记载："海滨人以石投水中，蚝生石上。从石上得蚝。投石海中以生蚝谓之种蚝。蚝场曰蚝丘。南浔、枳林、西澳诸处皆有之。"

可见，在潮汕地区，人工养殖蚝至少在明朝就已经很普遍了。

我在翻阅有关资料时，读到 1998 年 6 月出版的《汕头海洋资源开发与利用》上的一篇论文，文中提到一系列数字："1949 年，汕头海水养殖面积 7.2 万亩中，除 1.9 万亩的鱼养殖外，其余 5.3 万亩基本上是贝类养殖面积，其中牡蛎养殖面积 4.2 万亩，总产 6400 吨。"可见在相当长的一段时间里，牡蛎的养殖一直是潮汕地区最主要的海水养殖方向。

潮汕的蚝直接生吃逊色于进口蚝，所以除了腌制外还有许多吃法，比如打火锅。莱芜的大蚝打火锅一流，在滚烫的锅底过一下，不能煮太久，要外烫而内冷，无渣，鲜美得让人怀念。还有就是用大葱、辣椒来炒或做成铁板蚝也不错。

屈大均的文章也写到了蚝的吃法，既有生吃也有腌制。除了这两种吃法外，他还提到了"焚烧之"，即今日的烧烤，烤蚝至今依然广受欢迎。

对于蚝这种食物，许多像我这样年龄的人少年时代都会记忆深刻，因为语文课文里一篇莫泊桑的文章《我的叔叔于勒》。从文中知道有一种算得上奢华的美食叫牡蛎，也就是蚝。

犹记得当时的语文老师讲得绘声绘色，整得大家都流口水，心向往之。

《我的叔叔于勒》里描述："突然他望见了有两个男搭客正邀请两个时髦的女搭客吃牡蛎。一个衣衫褴褛的老水手，用小刀一下撬开了它的壳子交给男搭客们，他们跟着又交给那两个女搭客。她们用一阵优雅的姿态吃起来，一面用一块精美的手帕托起了牡蛎，一面又向前伸着嘴巴免得在裙袍上留下痕迹。随后她们用一个很迅速的小动作喝了牡蛎的汁子，就把壳子扔到了海面去。我父亲无疑地受到那种在一艘开动的海船上吃牡蛎的高雅行为的引诱了。他认为那是好派头，又文雅，又高尚……"

吃生蚝吃出了"优雅""文雅""高尚"来，这是多么令人向往的事！

可是，我到后来才明白，吃蚝是要有年龄积累的。小的时候，第一次吃蚝，是期望越大失望越大，几乎是强忍着咽下去的。可后来品出的滋味便会上瘾，得时刻提醒自己不能多吃。

蚝的品种不少，其中以法国的"贝隆生蚝"最为著名。它的海水味较重，但却是重口味美食家们的最爱；另外，亚洲以原产于日本熊本县的"熊本蚝"为最佳，它个小但肥美，但是后来被捕得快绝种了，二十世纪二十年代传到美国，便在美国西海岸开始繁殖。汕头的餐馆则常见产自澳洲的蚝。

潮汕地区也盛产蚝，饶平汫洲蚝、澄海盐鸿蚝、达濠蚝、牛田洋蚝、揭阳钱岗蚝、南澳蚝……知名的产蚝地不少，但质量算不上上乘。于是诞生了汕头著名的小吃——蚝烙。用来煎蚝烙的蚝不宜太大，用雪粉水均匀地倒进煎锅，半熟时再放上蚝，把蛋浆均匀淋上，将外表煎得金黄即可装盘，点缀以芫荽叶，配上撒了胡椒粉的鱼露酱碟，就是一盘美味。

可就个人喜好而言，我更喜欢生蚝。对于生蚝的喜爱，无论是进口的还是本地产的真是"蚝"无二致。汕头人一段时间喜欢吃蛇，有一家蛇店偏偏生蚝腌得好，人家吃蛇，我对腌蚝仔痛下杀手，记得有一回不知不觉中一人吃了四小碗，吓得朋友直呼："二锅头赶紧喝二两。杀菌！"

《本草纲目》记载：牡蛎肉"多食之，能细活皮肤，补肾壮阳，并能治虚，解丹毒"。中医认为牡蛎的肉具有很好的食疗价值，是一味非常好的滋阴、补血，而且还能激发情欲的食物，特别适用于虚劳、虚损的病患和那些阴虚、血亏、气血不足的人。

进口的，质量好直接蘸辣椒油、柠檬汁或芥末酱油；本地产的，用鱼露或盐，再加大蒜、辣椒丝腌制后一样美味。

唯一例外的蚝是汕尾被称为"蚝爷"的陈汉宗先生做的"秘制金蚝"。蚝爷陈汉宗立志做"中国蚝文化的推广者"，他在汕尾红树湾建立蚝场和加工厂，加工生产"蚝豉"——一种经过腌制翻晒的蚝产品，着实让蚝产生了本质性的改变，一如鲜鲍与干鲍，已难以进行横向的比较。凭着这一独特的成果，他在深圳成功开办了"蚝门九式"蚝主题连锁餐厅，多次上过央视的节目。

其实潮汕人喜欢生吃是有传统的。据《清稗类钞》记述说："粤人嗜淡食……好嗜生物，不论火候之深也。"说明古代南粤各地都有生吃的传统习惯。《海阳县志》记载："邑人常食必以鲩鱼为上，朝出泼水，刺盈尺以外去其皮。洗其血，剑之为片，红肌白理薄如蝉翼，溴以醋酱和以椒芷。复切萝卜为丝，杨桃为片，精而吃之……此外还有蚝生、虾生也珍味。"时至今日，潮州依然有吃草鱼生的习惯，有些小摊档经营了数十年生意兴隆，吃法依然循旧，但淡水鱼生的卫生风险很高，如今我都担心，近海养殖的蚝哪天都生吃不得了。

≈ 糜熟鱿鱼焗 ≈

鱿鱼向来被视为高等食材，宋代苏颂的《图经本草》记载："一种柔鱼，与乌贼相似，但无骨耳。越人重之。"

"重之"说明了这种食物在越人心中的分量，越人指的是百越地区的古越人，分布范围很广，北至浙江，南至岭南，西至云贵。明代李时珍的《本草纲目》引用的也是苏颂的记载，并且认为它"益志助精"。

鱿鱼是海洋中的软体动物。在分类学上，鱿鱼是属于软体动物门头足纲二鳃亚纲十腕目的动物，由于模样奇特且生活在神秘的大海里，民间把鱿鱼称为"乌贼"，本身就不是一个什么好词。乌贼在许多传统民间文化中，经常被赋予邪恶或神秘的象征意义。在某些地区的民间传说中，乌贼被认为具有魔法力量，能够变幻外形并迷惑敌人。乌贼的皮肤的确有一层色素细胞，可以随时变换图案和颜色，对于乌贼的这套"智能皮肤"，人类直到现在仍未能复制成功，它被模仿却从未被超越。而在一些太平洋岛屿的传说中，乌贼则被视为是能够预测天气和海洋状况的神秘物种。

生活在深海世界的巨型鱿鱼更是魔鬼的形象，它们是世界上最大的无脊椎动物，罪恶的形象只能在恐怖电影里看到，传说它们体型庞大，力量惊人，能够轻易地破坏航行的船只，对航行安全造成毁灭性的影响，为人类所畏惧，因此也成为巨型海怪的主要代表。这种巨大的鱿鱼被称为大王鱿鱼。虽然当年西方的殖民者们对它恨之入骨，但到现在为止，人类似乎还没有真正捕获它的活体，更不知道它的味道如何？

当烧烤这种随时都可以就地取材的烹饪方式以燎原之势铺天盖地席卷全国的时候，除了肉串之外，海鲜类代表作便是鱿鱼串了，很是让内陆的居民期待，感觉是九天仙女下凡尘，原本阳春白雪般的食材终于进入了浊气丛生的江湖。但沿海城市的居民却一点都不认可，烧烤用的鱿鱼都是经过泡发冰冻的，鱿鱼的鲜美味道荡然无存，真的是味如嚼蜡，所以就出现一个非常奇怪的现象，内陆地区的烧烤摊鱿鱼串是必不可少的主角之一，而在沿海的城市，特别是汕头的烧烤摊上却反而鲜见。

汕头人吃的鱿鱼就是新鲜的，一般用来白灼、爆炒，"炒麦穗鲜

[白灼小鱿鱼]

[白灼南澳小鱿鱼，也叫尔仔。渔民夜钓以后立即用清水煮熟，要连墨汁一起吃]

鱿"是潮菜中的一道名菜，味道鲜美，更赞刀工精湛。片成麦穗状，不仅是为了好看，也为了更好地传递热量，鱿鱼炒过火就不够鲜美了。

如果说潮汕人不吃烤鱿鱼也不对，过去的潮汕人特别喜欢吃烤鱿鱼，它可以是酒配，也可以是茶配。但潮汕人烤的不是泡发的鱿鱼，而是干鱿鱼，烤一个鱿鱼可以香飘三条街。潮汕有俗语称"糜熟鱿鱼煏"，"煏"就是火烤的意思。但就我个人的生活经验而言，应该是"茶起鱿鱼煏"或"酒开鱿鱼煏"更为贴切，烤鱿鱼配糜少见，配茶下酒更为合适，因为烤鱿鱼需要静下心来慢工夫撕成细丝状来吃，且要细细咀嚼才能感受鱿鱼的芳香和悠长的鲜美滋味。

汕头人之所以有这样的口福得益于南澳出产中国最好的鱿鱼干，南澳岛出产的鱿鱼脯（俗称"尔脯"）被称为"宅鱿"，因其交易点

PART TWO 海洋至味 ≈ 069

在南澳的后宅镇。达濠、海门、惠来、饶平等本港其他海域的尔脯统称"本港鱿"。

鱿鱼的干货要比鲜货好吃得多，也更鲜美更香，这一点清光绪《揭阳县续志》就曾说道："生食不及脯，以火炙之，肉条条有纹如银丝，此海味之绝佳者。"对于鱿鱼脯的评价已经达到了天花板级。

海鲜干货的存在历史悠久，由于交通运输和储存技术的限制，为保存海鲜，人类很早就发现了脱水的方法。通过将捕捞的海鲜放在阳光下晒干或用盐腌制，可以去除其中的水分并抑制微生物的生长，从而延长保质期。这种方法不仅适用于鱼类，也适用于其他海鲜。随着时间的推移，人们不断改进这种保存海鲜的方法，并开发出了更多的品种和制作工艺。海鲜干货是世界各地烹饪和美食的重要食材。

一些常见的海鲜干货包括鱼胶、海参、虾米、海鱼、鲍鱼、海带、海贝等。这些海鲜干货通常通过晒干、烘干、盐渍等不同的干燥方法进行处理，以延长保质期并增加风味。比如干鲍鱼一直就是顶级食材，价格可远比新鲜鲍鱼高得多，而且随着年份的增长价格还在不断上涨。根据有关数据，世界上海鲜干货出产最多的并不是中国，而是印度尼西亚、荷兰、瑞典、智利和加拿大等。

海鲜产品的干货普遍要比鲜货更为鲜美与加工工艺有关。例如鱿鱼，新鲜鱿鱼由于水分含量高，肉质相对松散，而经过脱水干燥处理后，干鱿鱼的肉质会变得更加紧实而改进口感。在风吹日晒的过程中，一些不良风味物质会被散发或随水分蒸发带走，风味更加纯净。此外，与盐分的结合在适当的条件下，鱿鱼中的蛋白质会慢慢分解出氨基酸、多肽、核苷酸等鲜味物质，食物会变得更加鲜美。

所以干货不止有海鲜产品，更有各种肉类，几乎所有的肉类都有其干货产品与之相对应，西班牙火腿还成为顶级的食材，各种菌类也常常以干货的形式在市场上流通，蔬菜类的干豆角、笋干、萝卜干、菜干、红薯干等等市场上随便可以买到。随着技术工艺的进步，干货这个家族是越来越庞大，君不见，市场上专门卖干货的干果店规模也在不断扩大。

≈ 识字掠无蟛蜞 ≈

过去,潮汕人的白粥早餐最豪华的杂咸是什么?非一小碟腌制的小螃蟹莫属。

这种小螃蟹生长在海滩涂上,样子有点像大闸蟹,但个儿很小,潮汕人叫它蟛蜞。

蟛蜞个小无肉,但到了农历八、九月份却膏肥饱满,成为不可多得的美味。清屈大均在《广东新语》里就有记载,潮汕人吃蟛蜞,"以盐腌之,置荼蘼花朵其中"。为了吃一只腌制的小螃蟹,还会营造气氛?没准潮汕才是意境菜的发源地。清光绪《揭阳县续志》亦载:蟛蜞"似蟹而小……邑人腌食以代园蔬"。

[蟛蜞最美味的吃法是腌制]

吃得精致的，还会专门把蟹膏掏出来；吃得粗暴的，干脆用锤子捣碎，做成了蟛蜞酱。其实怎么吃不重要，就是为了啖其味。

潮汕俗语曰："识字掠无蟛蜞。"抓蟛蜞与识不识字到底有什么关系？这才是问题的关键。

虽然在解释这个俗语的时候有不同的说法，但不管是发生在什么年代，或者具体的故事怎样，主人公是谁，都和朝廷海禁政策有关。

中国拥有1.8万公里的漫长大陆海岸线，俗话说"靠山吃山，靠海吃海"，对于沿海的居民来说，大海就和田地一样，是食物的供给之所，是生命之源。禁海就是要命，只能让沿海的居民流离失所。所以，说起海禁，大家都会立刻想到腐败无能的清政府。

然而，第一道朝廷的禁海令却是发生在明朝，而且是明朝的开国皇帝朱元璋发出来的。这是朱元璋总结历史经验教训而做出的决策——

当年抗元斗争最早起义的当数方国珍，而后各方势力争来斗去，除了朱元璋最后一统天下，唯一保存下来的势力就是方国珍，虽然方国珍最后投降了朱元璋，但他凭什么独善其身？即使当年张士诚派出七万精兵攻打方国珍，方国珍仅用五万人就七战七捷把对手打得丢盔弃甲。方国珍说得好："濒海之地，非通衢可比，士诚参用步骑，兵虽盛，不足畏也。"方国珍占据的是浙东，经常干些海盗的勾当，而且善于利用海洋和滩涂，面朝大陆背靠海，让他进可攻退可守，游刃有余。

方国珍的生存之道让朱元璋警觉。只见过鄱阳湖波浪的朱元璋对大海是陌生的，海洋的辽阔和神秘不仅让人无法把控，甚至感到恐惧。既然惹不起，那就躲吧！中国的第一道禁海令就这样诞生了。

《明史·朱纨传》中记载朱元璋规定："片板不许下海。"同时禁止沿海居民入海捕鱼，《明太祖实录》记载洪武十七年"信国公汤和巡视浙江、福建沿海城池，禁民入海捕鱼"。明朝海禁虽然断断续续，但基本贯穿了整个朝代，时间长达两百多年，所产生的影响十分深远。明朝末年大儒徐光启在《海防迂说》有这么一段话："一旦戒严不得下水，断其生路，若辈悉健有力，势不肯缚手困穷，于是所在连结为寇，激烈以出。"海禁成了海盗的诱因，明朝海盗猖獗，海患不绝，海禁的结果竟事与愿违。

到了清朝，海禁更严厉。清朝海禁政策主要发生在顺治十八年至康熙二十三年（1661—1684），其历史背景是防范郑成功反攻。明郑一直长期依靠海上力量与清朝周旋，并曾与英国东印度公司等西方势力合作，增强明郑军队的战斗力。因此，清廷实行严厉的迁界令，实行海禁政策，将沿海居民迁入内地三五十里，实施坚壁清野，沿海屋舍尽毁，更禁止出海捕鱼和贸易，这一政策也给潮汕人民带来了重大灾难。

其后，乾隆年间禁止对外贸易则是空前自我膨胀导致的自我封闭。十八世纪末，乾隆皇帝给英王乔治二世写了一封信："天朝物产丰盈，无所不有，原不藉外夷货物，以通有无。"那意思就是：老子什么都不缺，要你等何用！

蟛蜞这种小螃蟹生长在滩涂上，八月份起开始性腺成熟，渔民要抓它或是到滩涂上或是趁它晚上游到海面时用网捕捞，而在特殊的历史背景下，这都要触犯海禁的禁令。

说起来有意思，方国珍是台州人，他对蟛蜞一定是熟悉的。南宋洪迈《容斋随笔》有记载：吕亢守台州，命工作《蟹图》，凡十有二种，一曰蟳蚌，二曰拨棹子，三曰拥剑，四曰彭螖，五曰竭朴，六曰沙狗，七曰望潮，八曰倚望，九曰石蜠，十曰蜂江，十一曰芦虎，十二曰蟛蜞。

这位台州地方官是一个学者，竟然能将螃蟹分类得如此细致，让人看着有些晕乎，却也证明蟛蜞在台州也是常见的。却未曾想到，这种台州人喜欢的小海鲜，却因为方国珍这个台州人而引发海洋禁令。

对于政府的禁令，不识字的大老粗们为了生存，哪管得了那么多，连海盗都敢当，别说到海边抓蟛蜞了。但是对于极少数识字的知识分子来说，却不敢造次，即使到海边抓些小海鲜也是不敢的，虽然知道蟛蜞季节已到，却只能心向往之。

"识字掠无蟛蜞"的俗语带嘲讽性质，指读死书认死理，做事墨守成规、循规蹈矩，终致一无所获、一事无成。

这个俗语在一定程度上也反映了闽粤一带沿海人的价值观，偏激一点说可以达到无知者无畏的地步，他们不畏惧权威和规矩，富有冒险精神。甚至在特殊的历史时期，这句话常常被引用作为"读书无用论"的依据。的确，在改革开放之初，是有一大批"不识字"的大老粗敢于涉险勇闯商海，完成了最初的资本积累，成为第一批大老板，能否抓到"蟛蜞"成为评判成功与否的标准，禁令被搁置一旁。

而这种价值观在法制日益完善的今天，也往往令那些继续不惜闯"禁令"者撞得头破血流。

蟛蜞虽为俗物，但在它身上却诞生了一种高级食材，名曰"礼云子"，极为文艺的称呼。孔子在《论语·阳货篇》中说过："礼云礼云，玉帛云乎哉？乐云乐云，钟鼓云乎哉？"便是它名称的由来。有解释认为"礼云子"指的就是蟛蜞，平时都是横行，直行时，双螯高举,像是知书识礼的人一步一作揖……

事实上,来自珠江口的"礼云子"指的是蟛蜞的卵,蟛蜞个小,取卵工程量极大,且季节性强,遂成为超越鱼子酱的难得食材,可蒸熟后用于拌饭或为调味品。即使是见多识广的广东省烹饪协会会长、广州酒家总经理赵利平先生在品尝了"礼云子"之后,也连续两年发文推荐:又是一年尝首鲜"礼云子"。今年春节天气好,不用等到惊蛰,元宵便尝上了。蟛蜞新卵,激素未增,新鲜即取,故颜色鲜红且幼滑爆浆,满口甘鲜,回味无穷!

这种珍稀食物实乃可遇不可求。

≈ 咸鱼的一夜情缘 ≈

食与性，两者在人类生活中扮演着至关重要的角色，犹如生活的双翼，共同承载着人类文明的飞翔。

在作家笔下，饮食与风月终究是脱不了干系的。周作人说"饮食男女，人之大欲存焉"。张爱玲是写风月的高手，但她也会说：吃——"那是一种最基本的生活艺术"。食，是生命的源泉，但它不仅仅是满足生存的需求，更是一种文化的传承和情感的寄托。每一道菜肴，都蕴含着大自然的馈赠和人类的智慧，滋养着我们的身体，也滋养着我们的心灵。

[改良版的汕头水煮鱼，用的是高级的红斑鱼，酸辣度都大幅下降]

中国人对于风月之事向来隐晦而内敛，朦胧而神秘，不似西方人那么肉感十足地直来直去，反映到饮食方面也一样。

中国传统的菜名也同样虚头巴脑，单看菜名，可能猜不出它到底是什么东西，不像西方的菜名就是食材加烹饪方法。传统菜单中随处可见的"招财进宝、金玉满堂、早生贵子、满载而归、翡翠芙蓉、八仙过海……"简直就像一个灯谜台，点菜等同于射虎。

但是，当"一夜情"这么暧昧的菜名出现时，还是足以吓人一跳。它是一个和鱼有关系的菜，也是一道潮汕从粤西借鉴引进的菜。

说到暧昧，其实人们对于一些美食的尝试，大抵也是这样一种心态。而"一夜情"这个从西方贩卖而来的词汇，已经把暧昧升级到极致，由量变到质变了。但它不是作为人的行为存在而是作为一道菜名时当然会引发食客更多的联想。

把渔获用盐腌制，这种保存食物的做法历史悠久，古今中外皆然。潮汕还因此而诞生了一种附属产品"鱼露"，如今鱼露已成为东南亚最重要的调味品。咸鱼也一直是潮汕重要的加工产品，除了干货之外，油浸咸鱼也是非常受欢迎的杂咸罐头。

但是潮汕的咸鱼产品一般都是与白糜相对应的，当然也可以做菜炒饭，但其特点就是咸度比较高。因制作方法不同，咸鱼分为两大类，一曰霉香，二曰实肉。霉香型的咸鱼一般只能在市场上买到，家庭不会自己制作。

霉香型的咸鱼也不是所有人都能接受，因为鱼肉要经过发酵，会产生霉变的味道且肉质疏松，不过，晒干后会有一种特殊的香味。它多产自揭阳的惠来，喜欢的人甘之若饴，不喜欢的人避之惟恐不及。过去到广州出差，开车必须在汕尾鲘门歇食，我会点个咸鱼蒸肉饼，是下饭的神物。有人怕咸鱼的味道,后来就改成了弥鲓(腌制的小鱿鱼酱)蒸肉饼,还是有人不适应,最终只能改成腐乳汁焗小鱿鱼了。如今这种霉香型的咸鱼反而在珠三角和港澳地区受欢迎,潮汕地区倒是吃得少。

当然,无论从健康的角度还是口感,腌制的咸鱼干不能多吃,也没办法多吃。但是几年前,汕头美食界推广的一道新腌制法咸鱼下酒菜很流行,它很好地控制了鱼的咸度,正是这道香煎"一夜情"。

后来才知道,这个名字来自粤西。"一夜情"的原名叫"一夜埕",是一道原料为咸水鱼的普通菜式。出海打渔的渔民因担心海鱼变质,遂将海鱼整条扔进装着盐水的埕("埕"为渔家的凸肚瓦罐)中腌着,达到保鲜效果,待鱼在埕里腌了一夜之后再取出来烹饪食用,故而称之为"一夜埕",当地人大多称之为"一夜水"(指泡了一夜的盐水)。

"一夜埕"中因广东话"情"字与"埕"同音,于是,从半推半就到主动投怀送抱,一夜情缘情未了。在追求美食的同时,追求着爱情的甜美;在享受美食的愉悦时,享受着情爱的温馨。这或许是许多人追求的梦想吧。名字便不胫而走,风月最终与美食搭上了纠缠不休的关系。"一夜情"的称谓让这道普通的鱼肴菜式逆袭出圈,成为粤西饮食最受欢迎的菜式之一。

这道菜本身的确有它的妙处,是咸鱼的另一种处理方法,还可以随个人的口味调节它的咸度。选择肉质较好、鱼刺少的鱼,用盐水腌过一夜,再将它晾干后油煎,既有咸鱼之香,又不失鲜鱼之甘,实为佐酒下饭之佳品。

更重要的是,它不必到酒楼去吃,随便在家里就能自己制作,这才是大家的美食。

我在家里喜欢用黄花鱼或鲳鱼，个不要太大，从背上开刀将鱼剖开清除内脏，肚腩处不切断，整个放到饱和盐水中浸泡几个小时便可，咸度和浸泡的时间有关系，不要担心鱼肉会因水浸泡而变得松软，盐水中鱼肉的水分会因为渗透压力差的关系而排出，经过盐水浸泡的鱼肉会变得紧实。捞出来后先放在竹屉上风干几个小时，最后再油煎，如果再有一点南姜末更好，是一道完全拿得出手的家宴菜品。当然，对于马鲛午笋等个头比较大的鱼则适合切片切段，家里的锅没那么大，剖开了煎不了。

在日本，也有一种吃法，叫"一夜干"，将捕获到的鱼风干一夜，然后再烧来吃。那名字确实不如"一夜情"含蓄！

≈ 腌鱼成露黄金季 ≈

2024年8月16日，南海伏季休渔结束，渔民们争先恐后地驾船出海，满载着希望，期望得到休养生息的大海能给他们更大的回报。

而对于汕头鱼露厂的当家人方义川来说，心情或许比其他人更为复杂，既兴奋又有些焦急，因为一年之中最重要最繁忙的生产季到了。

按照传统，每年的七八月是鱼露制作的黄金时节，这个时候鱼露厂都会大量收购新鲜的鱼获，然后投入腌制池腌制，这个季节生产的鱼露质量最佳，所以不能错过时令。

鱼露的生产季节性明显，这是由自然环境、鱼类生长规律和生产工艺所决定的。

潮汕地区的鱼露生产采取日晒发酵法，阳光成为重要的生产要素，炎热的天气和充足的阳光有利于鱼肉蛋白质的分解，将鱼与盐混合，盐渍发酵时，发酵池保持在35℃～40℃的条件下进行效果最好，通过发酵，可以将鱼肉蛋白分解为各种氨基酸，而氨基酸与盐结合就成为鲜味的主要来源。

南海伏季休渔对传统的生产季产生了一定影响，黄金时间被缩短了。1999年开始实施南海伏季休渔制度，这是我国一项重要的渔业资源保护制度，南海海域的休渔时间为5月1日12时至8月16日12

时，正是南海渔场主要经济鱼类生长繁衍的关键时期，这个时节水温适宜，有利于鱼类的生长，等它们长大长壮实了，渔民才开网捕鱼。

所有海边的居民特别是喜欢吃鱼的食客都知道，这个时候的鱼虽然肉多但还不够肥美，鱼类肥不肥美是由它的脂肪决定的，油脂多了，鱼才好吃。许多鱼类都是要等到中秋以后才会变得身宽体胖，为了过冬，为了在春天繁殖，鱼类会在身体中积蓄能量，也就是保存油脂，所以，许多鱼类在冬天最为肥美。这是我们日常食用鱼类的基本判断，但对于鱼露的生产制作来说，价值判断却不同了，肥美并非好事，甚至可能会直接影响鱼露的质量。

选择制作鱼露的鱼就像选健美比赛的选手一样，要壮实有肉，但却不能是胖子，鱼中的油脂可能会影响风味，因为油脂在发酵环境中容易发生氧化酸败，这种氧化作用会导致油脂中的不饱和脂肪酸分解为过氧化物、醛类、酮类等物质，从而产生臭味和异味，影响鱼露的质量。虽然正规的大厂家如今在生产的过程中，会有专门的技术手段和设备对油脂进行分离，但总归是隐患。所以，好鱼，也就是适合制作鱼露的鱼是有季节性的，现在行业大规模鱼类采购并进行生产的时间，就集中在休渔结束后到农历八月十五中秋节这段时间，中秋节后鱼儿肥美，潮汕人拿来做鱼饭正好，做鱼露就逊色了。

潮汕地区制作鱼露的主要鱼类是巴浪鱼（学名：蓝圆鲹）和姑鱼，除此之外，个头比较小的各色鱼类也不可少，我在汕头鱼露厂的生产大池里面就看到有三黎、迪仔、泥猛鱼、凤尾、饶鱼等，而这些不同的鱼会单独腌制，因为它们可能会形成不同的风味，有待师傅们最后进行调和，这个过程很像法国干邑的生产。

腌制过程实质是盐和鱼的自溶发酵过程，利用了鱼体自身的组织蛋白酶和附带的细菌酶类分解蛋白质,所以,用来制作鱼露的鱼是不用开膛破肚的,因为鱼的消化道里面就含有比较多的细菌酶类。汕头鱼露厂的当家人方义川介绍说,汕头用那哥鱼来生产鱼丸哥,鱼头和鱼肚鱼骨都要切掉,而这些在鱼丸生产中的废料,其实用来腌制鱼露却再好不过,鱼肠中的细菌酶类丰富,分解快且风味佳,可以作为原油与其他鱼露进行调和。鱼露生产用的都是小鱼,不会用大鱼,这不仅仅是鱼的价格问题,大鱼肉厚,分解起来难度大,必须开膛切块,反而不如小鱼。

当然,有细菌的存在就有好的细菌,也有坏的,坏的细菌会将氨基酸破坏后发生腐败、产生发臭的挥发性含氮物,让食物不能食用。解决这个难题就两个办法:第一关就是鱼类的新鲜度,不能使用腐坏的鱼,如果鱼类已经变质,说明坏的细菌已经发挥了作用,占了上风,便无法再用来制作鱼露;第二关就是用盐量,高浓度的盐可以产生高渗透压,使坏细菌细胞内的水分渗出,导致细菌细胞脱水,影响其正常的生理代谢活动,从而抑制有害细菌生长繁殖甚至起到杀灭作用。

理论指导实践,而实践的结果要靠科学的数据作为支撑,汕头鱼露厂建有自己的实验室,能够准确掌控菌群的变化情况,产品的质量自然有保证。

记得2018年陈晓卿团队拍摄纪录片《风味原产地·潮汕》,想拍鱼露,我在给晓卿兄推荐拍摄对象的时候,就引发了自己对鱼露生产安全性的思考,随后也通过各种途径更深入地了解鱼露。个人认为,鱼露生产坚持传统的工艺没有错,但是仅仅凭借经验操作的小作坊在质量和产品安全上存在不确定性,还是具有先进监测设备能随时进行质量监控的大厂产品让人放心。

≈ 人神共享的乌鱼 ≈

对于许多外地人来说,见识潮汕民间的祭祀活动会吓一跳。

首先是潮汕人的祭祀对象很多,甚至可以说繁杂,祭祀是对神明祖先等崇奉对象的礼仪。天神、地祇、人神、祖先、鬼魅都有祭祀。不同时间、不同地方有不同的祭祀活动。

其次是礼节尊古,至今依然坚守祖宗传下来的规矩,隆重严肃且仪式感强,近些年,由于经济发展,不少地区规模非但不见缩小反而日益庞大,有些活动还要连绵数日。

[秘制鲍鱼]

再者就是祭品实在可观，极为丰盛。祭礼开始之前，会摆开数十张祭席，席上各种祭品，过去讲究全猪全羊五牲粿品祭拜，如今什么鱼翅、鲍鱼、龙虾等高档食品都上了祭台。

而在祭品中，有一种被蒸熟的鱼十分常见，就是"乌鱼"！乌鱼学名鲻鱼，又名乌支、九棍、乌头、乌鲻、脂鱼等。"鲻"源于"缁"，缁的意思是黑色，据《本草纲目》载："鲻，色缁黑，故名。"乌鱼体形浑圆，从头至尾整个背部呈黑色，所以潮汕地区称"乌鱼"。

乌鱼一直是潮汕人拜神供品的鱼类首选，每个月的农历初一、十五，肉菜市场上的鱼饭摊档都会准备大量的乌鱼，因为家庭祭拜要用。为什么选中乌鱼？一来，传统上它被视为鱼类的上品；二来，个体适中，而且肉质坚实，蒸熟后搬来倒去不会变形，也不会受损。食物，作为人类生活的基石，自古以来便承载着深厚的象征意义。作为供品这类人神共享的食物更是被赋予了独特的神秘色彩和宗教寓意，这些食物不仅仅是满足人类口腹之欲的简单存在，更是连接人与神、世俗与神圣之间的桥梁。食物还象征着一种感恩和奉献的精神，表达了人们对自然和先辈的感激之情，感谢大地赐予的丰收和滋养，祈求先祖的庇佑。这些食物也体现了人们对神明的敬畏和虔诚，所以必然经过精心挑选，一点也马虎不得，乌鱼正是经过了层层的挑选后被选中的鱼类。

乌鱼身上有一个特殊的器官"肫"，其实就是鱼的胃，潮汕话叫"术"。乌鱼"术"大小如算盘珠子，形如陀螺，口感香脆。一条乌鱼只有一颗"术"，"术"在潮汕话里有"本领"的意思，评价一个人"有术"就是有本领有智慧。由此，潮汕人把乌鱼的"术"视为智慧的启明星，成为成年仪式"出花园"的指定食物，寓意孩子吃了会更聪明。吃桌餐的时候，乌鱼术要给桌上地位最高的人吃，以示尊重，以前上饭店吃饭还讲究"乌鱼无术免还钱"，店家如果"贪污"乌鱼术，客人吃完饭是可以不给钱的。

潮汕俗语有"寒乌热鲈"之说，强调秋风过后乌鱼就开始肥美了。鱼类的嫩滑甘美都是因为油脂，这时的乌鱼，掀开鱼皮可见背部黄澄澄的一层油脂，自然是最好吃的。除了做成鱼饭，潮汕人还习惯用乌鱼焖蒜，是一道寓意吉祥的家常菜，其中的乌鱼是祈求年年有余，蒜即"算"，寓意有钱算和有钱存储蓄。这道菜要用到潮菜特有的半煎煮技法，先将鱼用油煎过再加入蒜段略炒，然后加水煮熟。我个人印象最为深刻的是"乌鱼糜"，那时在蛇浦基层工作时常常要加夜班，大冬天用牛田洋出产的乌鱼煮粥，实在是最美味的夜宵，一锅粥端上来，黄澄澄的一片鱼油上撒上青翠的葱花，与整棵的芫荽构成了一幅立体的山水画，视觉上就能让人震撼。

说到乌鱼，它身上还诞生了一种高级的食材，在台湾被称为"乌金"，其实就是乌鱼子。明朝李时珍说到鲻鱼时认为"粤人讹为子鱼"。接着又说鲻鱼"其子满腹，有黄脂味美。吴越人以为佳品，腌为鲞腊"。鲞腊，指腌制或风干的鱼肉食品。看来，至少明朝以前，广东将乌鱼称为"子鱼"，而如今看来称为"子鱼"的确是有其道理的！乌鱼是洄游性鱼类，喜欢生活于浅海、内湾或河口水域，一般长到四年，体重两三公斤以上性腺才成熟，这时，它们便游向外海浅滩或岛屿周围产卵繁殖。每年冬至过后，中国大陆沿海的乌鱼会洄游南下产卵，经过台湾海峡，沿着海岸线南下到外海交配后折返。乌鱼贴近台湾沿岸时，其卵巢正值交配前最成熟阶段，所以乌鱼到处都有，但乌鱼子却盛产于台湾。乌鱼子，顾名思义就是用雌乌鱼的卵所研制的一种美食，因其口感独特，被日本人称为世界三大美食之一。如今台湾乌鱼子的制作方式则是日本占领台湾时期形成的，据了解，日本的皇室至今仍然将乌鱼子列为专供食品。

台湾渔民在乌鱼季时捕得雄乌鱼就直接拿到市场上出售，雌乌鱼则剖出鱼卵，与鱼肉分开出售。有专门的加工厂会将乌鱼子进行清洗加工，清洁完毕后用木板压去水分，变成扁平的椭圆形，然后挂起来晾干。将鱼卵切成薄片，在炭火上微炙，或用高度白酒点火烘烤，再配以各种佐料，便为佐酒妙品。

≈ 海中鲜味 ≈

对于生活在海边的人来说,海带是最常见的海藻了!

海带不仅味美而且营养丰富,向来是备受推崇的健康食品。

海带能做汤,也能做菜。肉末炒海带,只要一些葱段相佐,再点上些许红辣椒就是一种简约的美。而个人最喜欢的还是凉拌海带丝和海带结,似乎吃不腻。

若是我说海带其实是舶来品,不知有多少人相信?

事实上,海带真的是外来引进品种。虽然我国很早就有关于海带的文献记载,但那时的海带都是进口产品。远在一千五百多年前我国就从朝鲜进口海带,近几百年则是从日本进口的。

海带属于亚寒带藻类,是北太平洋特有地方种类。自然分布于朝鲜北部沿海,日本本州北部、北海道及前苏联的南部沿海,我国海域原来并不出产海带,1927年才从日本引进在大连养殖并自然繁殖,1946年从大连移植烟台也获得成功,1950—1951年又将海带从烟台进一步南移至青岛,二十世纪五十年代末,随着海带人工养殖南移到江苏、浙江、福建等地获得成功,逐渐形成规模。

韩剧中经常会出现"海带汤"的身影,那是他们的特产,没什么奇怪的!但吃得哇哇叫就让人困惑,吃个海带汤干吗就得一副幸福得要死的感觉？当然会让人联想到韩国的物资供应问题。但还有一个更为现实的故事，海带汤的确有超越一般食物的鲜味，而海带也正是最早"味精"的起源。

味精是日本东京帝国大学池田菊苗博士发明的。1908年盛夏的一天，池田品尝妻子做的海带黄瓜汤时感觉味道特别鲜美，而这种鲜味挑起了池田博士的求知欲望。他在实验室仔细研究了海带的成分，终于发现海带中含有一种叫做"谷氨酸钠"的物质，并成功地将其提取出来。池田把它定名为"味之素"，商业化生产后的广告语是"家有味之素，白水变鸡汁"。一时间，购买"味之素"的人差点挤破了店铺的大门。

日本人的"味之素"传进中国后，我国的化学工程师吴蕴初经过一年多的时间，又独立发明出一种生产谷氨酸钠的方法。因最香的香水叫香精，最甜的糖称糖精，最会拍马屁的叫马屁精，最精明的人叫人精，于是他给这种最鲜的味道，取名为"味精"。

1926年到1927年吴蕴初还将味精的配方、生产技术等向英、美、法等化学工业发达的国家申请专利，并获批准。这也是中国的化学产品第一次在国外申请专利。

海带亦称"江白菜"，是海里生长的蔬菜。海带藻体扁平呈带状，长可达数米，在海底，巨大的海带随海水摇曳，的确像一条布匹，难怪古时它还有另外一个名字"昆布"，"昆"在古语的本义中有"同"的意思，也就是说"同布一样"。当然，也有专家认为，"昆布"与日常所说海带有所区别，虽然都属于海带科，但品种有所差异，而事实上，日本也将海带称为"昆布"，所以，个人认为不必太考究。

海带具有一定的药用价值，因为海带中含有大量的碘，碘是甲状腺合成的主要物质，如果人体缺少碘，就会患"粗脖子病"，所以，海带是甲状腺机能低下者的最佳食品。当然，也有医学工作者认为，沿海的高碘地区要尽量少食海带，以预防碘过量疾病的发生，这些年，关于加碘盐的问题本身就有较大的争议，对于沿海地区，由于大量食用海产品，加碘盐是否会造成碘过量一直就有不同的看法，因为过量摄入碘可能导致甲状腺癌症。

海带中还含有大量的甘露醇，而甘露醇具有利尿消肿的作用，可防治肾功能衰竭、老年性水肿、药物中毒等。甘露醇与碘、钾、烟酸等协同作用，对防治动脉硬化、高血压、慢性气管炎、慢性肝炎等疾病有较好的效果。中医认为，海带性味咸寒，具有软坚、散结、消炎、平喘、通行利水、祛脂降压等功效，并对防治矽肺病有较好的作用。海带胶质能促使体内的放射性物质随同大便排出体外，从而减少放射性物质在人体内的积聚，也减少了放射性疾病的发生几率。

海带含有的另外一种成分"褐藻酸钠"近年来也被高度重视。这种成分可使糖尿病患者对胰岛素的敏感性提高，血糖下降，所以，海带是治疗糖尿病的一种有效药用食品。近年来研究还发现，海藻类食物对防治大肠癌、乳腺癌有较好作用。在欧美等西方国家，还给海带封了个"女性美丽保护神"的称号，就是因为它保护乳房，消除乳腺增生隐患的功效。

市场上的海带以"新鲜""盐渍""干货"等几种形态出现，许多人挑选海带时往往受"绿色食品"的误导，以为海带颜色越"绿"越好，当然也就有不法商贩投其所好，用化学品为海带添色。其实正常的新鲜海带是深褐色的，经腌制或晒干或加热后才呈自然墨绿色或深绿色。购买海带时以叶宽厚无枯黄叶者为上品，清洗海带时若发现水有异色最好别食用。

海带的食用方法有多种，可做凉拌菜，也可做成汤或其他形式。海带是脂溶性物质，最好与脂肪类（如猪肉、骨头等）一起烹调，更有利人体的吸收。

≈ 浪险过拍紫菜 ≈

农历立冬到了,南澳的头水紫菜也就到了,虽然,中午的骄阳依然表现出盛夏的热烈,气温居然抵达三十摄氏度左右,想象中的北风那个吹呀,都不知道在哪里吹?反倒是太平洋的风继续往北吹,倔强地又憋出一个台风来,幸好走西口奔越南去了,要不然可能对南澳紫菜的收获季节造成影响。

南澳的头水紫菜向来是食客们的追求,图吃个新鲜,爽脆。每年头水紫菜上市,食客们都会奔走相告,有门道的早早就预订,那是非常受欢迎的手信。

当今的世界,蝴蝶效应总是得到不断地验证,何况是三年"新冠"疫情带来的影响。三年来,中国的旅游市场受到的影响尤为明显,但南澳岛旅游知名度似乎却不降反升。有资深的旅游界权威人士分析说,这得益于汕头长期以来偏安一方的疫情形势。汕头本来就是广东省的省域副中心城市,各种旅游资源条件齐全,省内的游客在不出省的情况下会首选汕头,而省外的游客为避开珠三角疫情多发地区也会选择汕头,况且这几年汕头有"美食之城"城市形象的加持,几个效应叠加。到汕头旅游,当然首选南澳岛。难怪上回我去南澳岛,无论是县城还是青澳,道路两旁停放的车辆大多是外来车辆,来自全国各地，也来自省内各城市，倒是粤D的本地车辆知难而退，没有外地车辆多，有不少游客到南澳岛是冲着南澳的海鲜去的。

［海胆以其生殖腺供食，其生殖腺又称海胆卵、海胆籽、海胆黄、海胆膏］

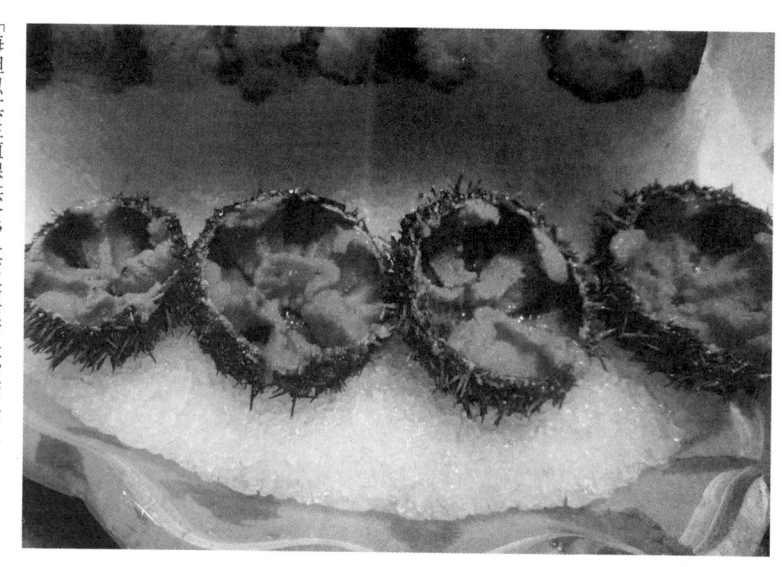

说起南澳的海鲜特产，宅鱿、小鱿鱼、生蚝、青匙、扇贝、龙虾、石斑鱼、海鳗、海胆等都是本港所产，当然也少不了养殖的紫菜。南澳的紫菜为什么好？当地的朋友用了两个字概括：干净！这个总结也是干净利落。因为离海岸线远，所以海水的清洁度高，所产的紫菜自然也就干净。

既然干净，吃法也就简单了，南澳人既用它做汤，也用它炒饭。南澳紫菜出名很早，清乾隆年间《南澳志》记载："紫菜生于云（澳）、青（澳）海岩石上，名紫可为羹。"过去紫菜都是野生的，长在礁石上，特别是受潮汐影响而出没的礁石，生长的紫菜既能够得到海水的滋润亦能经历阳光的洗礼产生光合作用，紫菜长得厚实，且受

PART TWO 海洋至味 ≈ 093

到海浪冲击越是厉害的地方，紫菜长得越好，这大概也体现了"宝剑锋从磨砺出，梅花香自苦寒来"的自然规律，人的成长和植物的生长也是一个理。

紫菜的生长环境决定了采集的危险性，渔民们必须冒险爬到礁石上用专门的工具收割。我曾经尝试着跟随渔民一起爬上礁石，未承想被海水浸润的礁石滑不溜丢，根本就站不住，才发现渔民们穿着的靴子也是有讲究的，能够防滑，而采割的过程更要眼疾手快，趁着海浪退去收割，海浪上涌的时候就得赶紧躲开，以免遇到大浪时被海浪击倒或冲走。这份工作游走在危险的边缘，由此也诞生了一句潮汕俗语"浪险过拍紫菜"，许多人误会这是一句粗口，其实描述的是紫菜采集者劳动的艰辛。

当然现在的紫菜放养是人工的，很少人去采野生紫菜，这种采割的风险也就可以避开了。紫菜是海产，自然要吃它的鲜味，所以它与鱼丸的搭配是绝配，用鱼汤或者肉臊汤将鱼丸煮熟，关火后撕开紫菜投入汤中，再撒上芹菜珠，便是最好的紫菜汤，既鲜且脆。虽然我们常说煮紫菜汤，但其实紫菜是不用煮的。

过去的野生紫菜由于在礁石上生长，采集晒干后往往会带有一些沙石，所以在食用之前会用火烤，一方面是为了产生美拉德反应，让紫菜产生新的芳香物质。另一方面是通过加热使紫菜收缩，让沙石脱落。这是渔民在生产生活中总结出来的经验。另外，紫菜放的时间长了，与新紫菜在口感上有明显不同，新紫菜是爽脆的，放久了就变得绵软了，而且鲜味也会退化。过去潮汕还有一种用瓦片烤紫菜的吃法，现在没有瓦片，这种吃法也就没再延续了。

我自己最难忘的一次吃紫菜的经历也在南澳，是一种泡汤吃法。

挑了一条大鱼切块，放入姜葱和少量盐熬成鱼汤，紫菜剪成片以后先用油煎过，放在碗里，用滚烫的鱼汤冲泡，撒上芹菜珠，这样的紫菜汤才叫原汁原味，比鸡汤还鲜美。据官方数据，南澳头水紫菜的产量并不高，也就十几二十吨，自然供不应求，所以这几年就有商家从外地购买紫菜冒充南澳紫菜，长此以往对品牌一定是一种伤害。

≈ 神秘海石花 ≈

海石花既是一种小吃,同时也指制作小吃的一种海藻。

经过查阅资料,制作海石花的海藻应该叫"石花菜"。它是提炼琼脂的主要原料。琼脂是一种重要的植物胶,属于纤维类的食物,可用来制作冷食、果冻或微生物的培养基等。

石花菜主要分布于台湾、海南及西沙群岛等海域。潮汕地区一般都来自南澳,除了街头贩卖的已经做好的海石花外,市场上偶尔能见到晒干的石花菜。

海石花是可以自己在家里煮的。取一两石花菜加差不多十碗水,放进高压锅里煮。等不太热了用过滤网或纱布过滤。滤过后的海石花水待冷却,差不多两小时后就可以看到琥珀般晶莹剔透的海石花凝胶了。

吃的时候一般会用瓜刨把它刨成丝,放在碗里再随个人喜好加入椰汁、杏仁露、蜂蜜、冰块、水果等等。一碗海石花,是爽口嫩滑的夏日美食。

石花菜与人们经常食用的海洋植物海带、裙带菜、紫菜的营养成分相比,其主要成分为多糖、纤维素和矿物质,而蛋白质和脂肪含量非常低。如果从蛋白质和脂肪含量看,它的食用营养价值极低,但却是一种不可多得的优质保健食品。因为它富含多糖和纤维素,故属于高膳食纤维食物。膳食纤维是人体必需的物质,具有防治胃溃疡、抗凝血、降血脂、促进骨胶原生长等作用,而且食用高膳食纤维食物容易产生饱腹感,对减肥有一定作用。

南澳人也会把海石花熬制成汤,汤液中既有脆嫩的乳白色条状物,又有胶质汤液,和鱼翅汤相仿,所以也被戏称为"南澳鱼翅"。认为它不仅清热解暑,还有美白养颜养胎润肠的功效。

海石花口感爽脆,也可制作成咸的凉拌菜或制成凉粉。肉菜市场上的凉菜摊档偶尔能见到它的身影,一整块放在那里,顾客若想要才用刨子刨出条,再拌上辣椒油、酱油等,就是一份凉菜。

在不少地方,人们也把珊瑚礁称作海石花。珊瑚不仅外形漂亮,而且还能开出绚丽的花朵。因此,我国南海一带的渔民就把珊瑚称为"海石花",意思是海底礁石上的开花植物。我国古籍中也有这样的描述:"珊瑚生海底,作枝桠状","珊瑚贯中而生,高二三尺,有枝无叶",显然也是把珊瑚作为植物来看待的。直到十九世纪中叶,生物学家详细研究了珊瑚的胚胎发育,终于发现了珊瑚的石灰质骨骼原来是它的软体部分分泌而成的,它的骨骼长在肌肉外面。珊瑚的身体是由肉和外胚层组成,珊瑚是动物的概念才被确定下来。珊瑚骨骼的形状多种多样,姿态十分优美,有树枝状、鹿角状、圆块状、蘑菇状等等,骨骼的颜色也鲜艳夺目,所以,人们把它作为工艺品,做家居摆设。但它与小吃海石花没有什么关系。

总感觉,"海石花"这个名字能给人以丰富的想象及多维度的联想,这也让一种地方的小吃增添了一丝神秘的色彩,无论是慕名的还是已经品尝过的人,都会因此遐想联翩。

≈ 咸淡水交错的渔获 ≈

新津河,位于汕头市东区,是韩江支流的一个出海口。由于新区的建设不断东移,河段的周边慢慢已成为了市中心的一部分。

河的上段称南江,下段称大溪河,合称新津河。河口原来是中心城区与澄海交界处,如今随着东海岸的开发已成为市中心的一部分。这个河口原名新港,曾名新津港。明嘉靖年间(1522—1566)称新港,清康熙八年(1669)在此设新港水汛和津口汛,遂取两汛首字定名新津港,1987年改名新津河口。

潮汕人对于韩江的感情是不必多说的,称其为"母亲河",它也是潮汕地区最主要的水源,所以民间对于保护韩江的呼声很高,希望韩江的生态能保持原状,但还是留下了许多遗憾,有时经济的发展是要以环境为代价的。

值得庆幸的是,韩江的新津河段一直是保持得较好的一段。2008年笔者曾牵头汕头电视台策划拍摄了一部十二集的电视纪录片,探讨的就是新津河畔社会经济发展与环境保护的关系问题,期望通过电视片的形式,唤起人们对于新津河环境的保护意识。记者们很深入,片子拍得不错,特别是关于新津河畔生态现状的部分让人耳目一新,有不少镜头难得一见,比如沿海红树林的保护、沿岸的动植物调查等,片子很受欢迎。只是片子的名字起得有些遗憾，当初起名叫"新津河畔的故事"，最后为配合城市的东延，改为"升腾的东部"，多少有些重开发而轻保护了。从名字上看着，重点发生了倾斜，但幸好还是没有改变片子内容表达上的立场。

[红树林是鸟类的天堂]

关注新津河其实正反映了这座城市对于生活环境改变的焦虑，开发和保护如何协调是一个永恒的课题——

事实上，这些年来，新津河已不复往日的宁静，因为有了水系的优美河景，两岸的房地产项目竞相上马，都说住江边比海边好，于是好地方被哄抢，两岸鳞次栉比竖起了高楼，一些景观是再也回不去了。这里由于水质好，近几年还连续地举办了国际泳联 10 公里马拉松游泳世界杯赛,当然还有龙舟赛,反正这条河道越来越热闹。由此带来的负面作用是环境终究被改变了,鱼也越来越少了。

韩江过去各种鱼很多,有专家考证说原有一百零二种淡水鱼,现在剩多少种可就不知道了。小的时候我常在韩江钓鱼。当年在中山公园对面有一个国营竹器厂,从韩江上游运过来的竹排在江边排放,顽皮的孩子就在竹排上垂钓。钓虾是最容易的,一排鱼钩,隔一会儿就慢慢地拉一遍,虾就乖乖地跟上来,钓虾与钓鱼不一样,不能用力扯线,那样虾反而会脱钩跑掉。而在钓虾的过程中经常能钓到其他的鱼,最无奈的是钓到鳗鱼,好大的力气,一用力就把吊线扯断,即使拉了上来,在竹排上也抓不住还得让它溜掉。经常会钓到的鱼,有一种叫"黄蜂"的,满身黄色,背上竖着一根尖尖的刺,如果不小心就会被它刺到,就像被黄蜂蜇到,"黄蜂"就是这样得的名。其实它的学名叫"黄颡鱼",也就是川渝地区声名赫赫的"黄辣丁"。不过,如今韩江里的鱼日渐稀少,钓是很难钓到了,就像韩愈在《独钓四首》中的慨叹:"秋半百物变,溪鱼去不来。"

最有意思的是这些出海口的鱼类,因为潮汐的变化,有时候河水是淡水,有时候河水却变成了咸水,而生活在这段水域里的鱼类也就变得身份复杂来历不明了。

过去新津河畔有一家不错的大排档,他们不从市场上进货,自己有四条小船,就在出海口这个地方捕鱼,抓到什么卖什么。虽然会让人感觉渔获不那么齐整,但却往往能给食客带来惊喜。到新津河边名曰吃河鱼,但发现大排档其实许多的鱼都来自咸水区,即使是一些常见品种,由于生活的环境改变了,它们的肉质和味道也会相应地发生改变。就像同一种鱼类生长在不同的区域就形成了区别,比如南海的带鱼和东海的带鱼相比就差得多。

这里的河虾就味道鲜美，可能是受到海水的影响，肉质要比平常的河虾坚韧，甘美程度不输海虾。出海口的鳊鱼更不容错过，它是韩江有名的美味鱼种之一，以前钓鱼人十分喜欢钓它。鳊鱼喜成群洄游，少则三五条，多则十几条、几十条，喜欢在码头、船边觅食。垂钓者会选择傍晚或清晨，在船边落钓，钓饵用白色豆腐干就可以，往往有所收获。鳊鱼肥美，鱼腩和表皮有较多的脂肪，所以甘香嫩滑。

这里还有两种鱼或许与众不同，但要看季节和运气。一种是原本生活在海里的乌尖鱼，也叫乌头。它的适应能力强，也能够在淡水中生活，外形与乌鱼极为相似，只是个头小了，和乌鱼一样，一到冬天满身油脂满腹春子，做成鱼饭或者是用它来煮青蒜，从性价比看很难有其他鱼类与之比肩。另一种鱼更为神奇，就是四大家鱼中的鲩鱼，俗称草鱼。野生的草鱼不足为奇，可偏偏有原本在淡水生活中的草鱼越过了生物障碍能够生长在沿岸的浅海里，它们能够在咸淡水之间自由穿行，长期生活在出海口的淡咸水区，渔民们把它叫"海草"。海草一般都个头很大，我见过最大的一条接近二十斤，吃法简单粗暴，切成大片后用盐腌制，然后油煎。海草的肉质已经和大块头的海鱼没什么大的区别，不仅结实而且没有泥腥味，用来下酒正好。但海草是可遇不可求，能不能吃得到全看运气。

PART THREE
第三辑

海鲜食俗

≈ 达濠鱼丸 ≈

达濠盛产海产，聪明的达濠人采用达濠港捕捞的鲜活海鲜通过独特的制作工艺烹制达濠鱼丸。达濠人说，凡有潮人的地方，就有达濠鱼丸，在国内以至东南亚与欧美，声名远播。

当年我参与策划了一个关于濠江人文的系列电视专题片，启动仪式就安排在一家著名的达濠鱼丸店门前，因为第一站采访的就是鱼丸的制作。对于这样的安排，大家都觉得顺理成章、理所当然。不会有人怀疑，把一种地方的小吃作为地方文化的切入点会降低专题片的品位，因为小小的鱼丸里也凝聚了地方文化的方方面面——从当初讨海的生涯到今天商业品牌的开发，这里面的故事不正是这方土地演变发展的一个缩影？

达濠自古是渔乡，渔产丰富。在清朝初期，达濠人就开始将鲜鱼加工后做成鱼丸，到现在也有几百年的历史，随着社会的变迁，达濠鱼丸已经形成了一套独特的加工工艺，达濠人制作的鱼丸既鲜甜又爽口，外观雪白又有弹性。

对于达濠鱼丸的由来有这样的故事：传说清顺治年间，达濠马窖人邱辉为反抗清政府的"斥地"政策，聚众起义，后投入郑成功麾下成为其重要部将，封忠勇伯，他据守达濠十年之久。邱辉对母亲非常孝顺，因其母双目失明，进食不便，偏又极喜食鱼，邱辉便命厨子刮取鲜马鲛鱼肉，拍打成黏糊状，制成鱼球，蒸煮供其母食用。因所制的鱼丸味道鲜美，后来还经常用来宴请宾客。郑经巡视达濠品尝鱼丸之后，赞赏不已，将其誉为"天南奇珍"。

达濠鱼丸在选材上，不同季节会有所不同，而且会根据不同肉质进行搭配。如海鳗、那哥鱼，取其肉质雪白、鲜甜；马鲛鱼，取其肉质黏性好；淡甲鱼，取其肉质凝固性强，使鱼丸有弹性。那哥鱼是最常见的，它的学名叫多齿蛇鲻，肉质甜美，在潮汕沿海产量比较高，是汕头人做鱼饭、鱼丸的主要鱼种之一，其最大的缺点就是鱼刺特别多，而就鱼类而言，往往骨刺越多的其肉质越鲜美。潮汕俗语中就有"新出那哥甜过虾"的说法。而另外的一句民谣则反映了物质缺乏年代凭票排队买鱼的社会现象——"粗皮那哥，有钱买无，无钱勿捏，捏久臭腥"。因为在那个年代，鱼类特别少，无论是"那哥鱼"还是"巴浪鱼"都凭票供应。

［巴浪鱼饭］

打鱼丸之所以要挑选"那哥",是看中这种鱼的肉质鲜嫩,不过要做鱼丸,首先得将那哥鱼洗净上砧,切头、去尾、起皮,接着用刀把鱼肉剔出剁细。鱼肉不能用刀切片,才能够避免将鱼的小骨针与鱼皮边的红肉搅到鱼肉里。这项剔骨功夫,是一门地地道道的传统手艺。

采好鱼肉后,放在陶钵里,用手频频拍打。拍打技术是制作鱼丸的关键,拍打动作得均匀有力,次数要多,一般得拍上千下,鱼丸才会爽脆。拍打的时候加入适量的蛋清与味精,再用清水加少量精盐搅匀。拍打完,再加点雪粉拌匀,然后拿在手心,用力把鱼浆从食指与拇指间挤出来,放到冷水里,要是鱼丸能浮上来,说明拍打功夫到家了,因为空气的渗透能让丸子富有弹性,也有了弹牙的口感。

挤出来的生鱼丸,放在抹过油的竹盘上,上笼蒸五分钟后取出;再放在清水里浸泡,最后连同水放在锅里,用明火煮到七八十摄氏度再转文火,等到水快开的时候再捞出来,鱼丸才算大功告成。

≈ 著名的"那个鱼" ≈

潮汕最出名、最具地方特色的鱼一定是著名的"那个鱼"。

"那个鱼"名声在外,在潮汕,从大人到小孩更是无人不知,因为民间有笑话流传,是潮汕人对自己普通话很"普通"的自嘲:"这个鱼就是那个鱼,那个鱼就是这个鱼,那个鱼拿来剁糜糜,揪做丸。"说的是用"那个鱼"做成著名的潮汕鱼丸,"那个鱼"指的是"那哥鱼"。

所有的自嘲都是一种勇气,也是变相的一种自信。潮汕人的这个自嘲的笑话,自信来自早已成名的"那哥鱼丸"。

潮汕著名的鱼丸的原料最早就是选用那哥鱼,它肉质细嫩,而且在潮汕很常见也价格低廉。在配给制的年代,能买到的鱼种类非常有限,那哥、剥皮鱼、带鱼、巴浪最为常见,那哥鱼已经算好品种了。潮汕民谣唱道:"粗皮那哥,有钱买无,无钱勿捏,捏久臭腥。"五十岁以上年龄的人当年都会有排队买那哥鱼的深刻记忆。

据有关水产专业资料,所谓的"那哥鱼"学名应为"多齿蛇鲻"(潮汕不少水产文献资料称"长条蛇鲻",也有人认为是"长尾多齿蛇鲻"),又称为海乌、丁鱼、九棍、九仪。它体呈圆筒形,头粗而圆,上下颌密生细小的犬牙。蛇鲻鱼是狗母鱼科中的一属,据说是因为头扁有鳞似蛇和形如鲻鱼而得名。蛇鲻的鱼鳞,摸起来似乎比其他鱼类都粗,因此有了个"粗皮那哥"的别名。它属海洋暖水性中下层鱼类,生活于近海的中下层水域,因为产量大,成为我国南海的主要经济鱼类之一。那哥鱼其实非常凶猛,多栖息于砂泥底质的海区,采用的是守株待兔的捕猎方式,通常在砂地上停滞不动,身上的花纹是很好的伪装,有时甚至会将整个身体埋入砂中而只露出眼睛,等候猎物游经时,迅速跃起吞食。

潮汕人普遍喜欢那哥鱼肉质鲜美,但那哥鱼身上骨刺很多,吃的时候要特别小心。或许正因为骨刺多,潮汕人才会想到一个懒惰的吃法——捣烂了做成鱼丸。

除了做鱼丸,另外的一种常见的做法就是做鱼饭,待其冷却后,那哥鱼的肉质显得硬实而且洁白,只要有耐心够细心,可以像剥云糕一样来剥食。还有与冬菜或咸菜一起煮成热菜的,味道也鲜美,只是急性子的人慎吃,小心被鱼骨卡了喉咙。

其实潮汕人早就总结出了剔除那哥鱼骨的经验,只是自己在家里实践起来还是很麻烦的活。先把鱼去鳞,把鱼头和鱼尾切掉,将鱼肚子里的内脏处理干净,鱼身放平在砧板上,然后用刀面在鱼身上轻轻拍打,使鱼肉松弛松散,逐渐与鱼骨分离,拍打二三十下后把鱼身翻过来拍打另一面,随后可试试能否把整个鱼骨架慢慢拔出来,若骨肉连接得太紧要继续拍打,当骨架能轻松摘除时,鱼身上的小刺也差不多会跟着主骨架被连根拿掉。当然,拍打要有耐心,取出骨架时也要细心,不能操之过急,若强行摘取主骨架,则欲速而不达,许多的细骨会继续残留在鱼肉里。

历史反复证明,这种让人"骨肉相离"的伎俩都需要阴谋和耐心。当然,伎俩这种东西并非无往不胜。曾在一家酒店吃过所谓的

"去骨酸菜那哥鱼",因为骨头取不干净,害得一位朋友不小心被鱼骨卡了喉咙,自然是大煞用餐"风景"了。

汕头市区大洋花园有一家海鲜店,做的是海鲜火锅,其中的招牌就是涮那哥鱼,采用上面介绍的这种方法,将清理了骨刺的那哥鱼切成鱼片涮火锅,吃起来别有风味,管他什么嘌呤和痛风,那个汤水撒上芹菜粒,比鱼丸汤还要鲜许多。

那哥鱼是潮汕地区重要的经济鱼类。1991年10月汕头水产局编印的《汕头水产志》第一章"海洋捕捞"记载:汕头海区鱼类,"底层和近底层鱼类有:长条蛇鲻(那哥或丁鱼)、大头狗母鱼(哥西)……"而1948年汕头艺文印务局出版的《潮州志》中关于"惠来渔船概况表"中在"神泉、靖海"渔港的渔获统计中也写道:"红鱼、濑哥、乌贼、带鱼等占全数百分之六七十。"而在这两个港口的"远洋"捕捞子项和"潮阳港"的子项的主要渔获中都提到了"濑哥"。

"濑哥"就是今天所说的"那哥",它一直是潮汕常见的鱼类品种,可以说由来已久,也是深受潮汕人喜爱的鱼类品种,这里面或许还有一个味觉习惯问题,潮汕人爱得要死的家常味道,不一定外地人就能认同接受,这就是家乡食物与蛋白酶分泌的关系。作家阿城在《思乡与蛋白酶》里说,思乡这个东西,就是思饮食,思饮食的过程,思饮食的气氛。为什么会思这些?因为蛋白酶在作怪。老华侨叶落归根,直奔想了半辈子的餐馆、路边摊,张口要的吃食让亲戚不以为然。终于是做好了,端上来了,颤巍巍伸筷子夹了,入口,"味道不如当年的啦"。其实呢,是老了,味蕾退化了。

"那个鱼"如今也常常成为外地游子思念的味道和意象,那就是刻在骨子里的味觉DNA,味觉认同其实也是文化认同的内涵之一。

≈ 赛龙舟，鱿咬须 ≈

作为南澳县的非物质文化遗产，后宅渔灯赛会很有地方特色。活动始于清代，距今已有三百多年历史。同治七年（1868年）的"立碑议定两乡神游"碑记记载了："窃为该处地方系正月十六日两乡神游必经之处。前有不肖子弟，屡因迓神相遇之时，藉此生端滋事……"由此可见在清初南澳已经有了相关的活动。

在清朝的时候，由于条件限制，只有一些小型简单的纸灯，巡游队伍两边举着火把，两支游行队伍如果相遇非常容易造成冲突，甚至引发械斗。在那个时期，潮汕的乡村械斗非常严重，常常酿成大规模伤亡事件，多次引发中央政权的关注，但未承想小小的南澳岛也未能幸免。

1949年以后，渔灯赛会与其他的游神赛会活动一样被认为是封建迷信活动而被迫中止，上世纪八十年代中期才逐渐恢复渔灯赛会。它是南澳县一年中最热闹的民间活动。每年农历正月初八开始，后宅等十三乡在民间艺人的带动和指导下，设计制作各种花灯、渔灯、彩船、海产品造型、标旗等进行巡游。其中，最有意思的就是鱿鱼的模型，举着鱿鱼巡游，可能全世界唯南澳独有，由此可见鱿鱼在南澳人生产、生活中的重要性。

就南澳的渔业生产而言，钓鱿是最普惠的项目，其他的作业都需要较大型的船只，只有钓鱿相对简单随意，它能使普通渔民受益，南澳人过去常说："掇一冬鱿鱼，食一年。"由陈梅湖总纂的《南澳县志》（1945年编）写有这么一段话："（渔人）驾一叶小舟，或一片竹筏，于惊涛骇浪中，以搏中人以下衣食……诚不能不赞叹！"

[白灼鱿鱼的摆盘]

"四月八，鱿相挨""赛龙舟，鱿咬须"，每年立夏就到了鱿汛，到了端午节赛龙舟的时候进入高峰期，渔民划着竹筏，或由机船拖着竹筏到岛南海洋中的勒门、南澎列岛海域掇鱿，更远的甚至到东南的台湾浅滩，都有不错的收获。二十世纪三十年代，南澳鱿脯干品年产在五十吨以上，销往新加坡、泰国，今天看来数量不多，但在当时，却占汕头地区水产品出口总值的三分之一。

南澳海域是我国著名的鱿鱼渔场，南澳的鱿鱼因南澳县城后宅镇出名，所以称为"宅鱿"，捕获的鱿鱼置海滩岩礁或竹架上经风吹日晒成干品，使其发出一股浓郁、诱人的芳香，久藏不去。"宅鱿"以体大肉厚质嫩著称，产品漂洋过海远销十多个国家和地区，如今每年为南澳渔民带来两千万元以上的收入。2012年，国家工商总局商标局批准通过南澳县海水产品协会集体商标"宅鱿"申请，"宅鱿"成为粤东地区首件国家级海水产品集体商标。

但是，几年来，南澳海域也面临着鱿鱼资源匮乏的问题，2004年还看到新闻报道：南澳岛后宅镇一艘从事拖网作业的渔船撒网捕到鱿鱼群，重约四五吨，其中有些大鱿母长达七八十厘米。由于数量众多，捕获的鱿鱼把船上备有的几十个冻盘都盛满了。按当时鱿鱼市场价格每公斤三十元计算，一网就是十余万元。但近年来就不曾听说这样的好事。

一到捕鱿鱼的季节，南澳晒鱿鱼的场面蔚为壮观，常常成为摄影爱好者镜头捕捉的绝佳场景，鱿鱼的味道也与晒鱿鱼的技巧有关，上回在南澳，才听当地专家介绍：虽说是"晒鱿鱼"，其实干鱿鱼的味道远胜鲜品的秘密不止在"晒"上，还在于"捂"上，只有通过"捂"才能激发出独特的香味来。

首先晒的时候要勤于照看，时不时地把鱿鱼拉直压平，避免由于水分蒸发而使鱿鱼卷曲，这样鱿鱼才能定型好看。最重要的是"捂"的功夫，就是鱿鱼晒到一半时要收起来用棉被之类的盖起来，其实是为了发酵，可以让鱿鱼产生更多芳香物质，这时，鱿鱼的身上会出现如雪花般的一层白霜，而鱿鱼这时候闻起来更香了。"捂"是一门考究的功夫，时间和温度控制不好会出现发霉变质的情况，出现黑色、青色的斑点那就无法挽救了。清光绪《揭阳县续志》有记载："似乌贼而身长，须脚皆相似，腹也有墨，独中软骨为殊。生食不及脯，以火炙之，肉条条有纹如银丝，此海味之绝佳者，而'海错杂俎'绝无记载。越人甚重之。"所以干鱿鱼的吃法，最妙的还是直接火烤，而不是把干鱿鱼用水泡发。火的高温能够让芳香物质充分激发出来。学生时代，我曾经直接将干鱿鱼淋上二锅头点火烤，香味飘过几条街，夸张一点讲，能把方圆几百米内的食货都给招来。

[小鱿鱼鱼饭]

鱿鱼可鲜食也可制成鱿鱼脯，在潮汕菜系中，常见"花卷鱿鱼""炒双鱿""油泡鱿鱼"等十多种著名佳肴。在潮汕的茶座，烤鱿鱼更是必不可少的，如果用小炭炉来烤鱿鱼干，这个商家是极富经营头脑的，因为那股悠远飘荡的鱿鱼香就是最好的揽客手段，把人的馋虫都给招出来了。

≋ 焗蟹两味 ≋

螃蟹的美味自然不必废话，而靠海的潮汕也有丰富的各式各样烹制螃蟹的经验和做法，但就个人体验来说，还是先推荐两种做法给食客们，这两种做法能最大限度地激发出螃蟹的美味，且能在家里自己操刀制作。

第一种为"豆酱焗蟹"，香港美食家蔡澜先生有一回到汕头，在美食家林自然的家宴吃到后念念不忘，后来还专门写文章作了介绍。做法是这样的：先选肥大的肉蟹两只，斩件，备用。在圆底镬中下油，将大量的蒜头爆至金黄，蟹身铺在蒜头上面，普宁豆酱搞碎，直

[汕头名菜：豆酱焗蟹]

到看不见豆粒为止,把这些浓豆酱淋在蟹身上面。开中火加盖焗十来分钟,此即所谓"焗"。第一阵发出的味道是腥气,第二阵才是蒜香和蟹香。这时已大功告成,用一个深底的大碟,把整镬蟹维持原状倒入,即成。这道菜还有一个亮点,就是焗过的大蒜。我问过林自然,他说大蒜最好选用山东火蒜,个大味香。

这个菜最早来自林自然先生经营的大林苑精细潮菜馆,随后,各家酒楼餐馆纷纷效仿,但极少见到如大林苑般精彩的。菜品这种东西,大家都会互相借鉴互相模仿,但要做到形神皆备也不太容易。有外地的餐馆推出这个菜以后,还打出了独创的招牌就有些不地道了。即使是林自然先生都不敢专美,他当年曾经多次介绍,这个菜是他和另外一位非行业内的食客共同研创的,是经过了不断实践而总结出来的做法。

对这个菜,蔡澜先生当年曾问过林自然如何把握火候时间的问题,毕竟清蒸螃蟹最初发出来的是腥臊之气。林自然先生的回答非常巧妙,不同的炉灶不同的火力不同的螃蟹不同的量,所有的食谱关于时间的把握都是靠不住的。

哈哈!林自然先生说的是实话,当然也是很圆滑的一种表达。其实蔡澜先生并不知道林自然有一种常人不具备的本领,他的嗅觉特别灵敏,无论是蒸鱼还是做螃蟹,火候的把握全靠嗅觉,不看时间。就比如焗螃蟹,他可以灵敏地感觉到螃蟹气味的变化,当腥臊之味尽去,蒜香蟹香取而代之时,熟了。这种本领是经过多次考验被证实的。

记得有一次在他家里吃饭,中间他去参加一个音乐协会的换届活动,几个朋友使坏,在他的酒柜里找酒喝,私自喝掉了他一瓶酒,并把酒瓶子放回到原位。他回到家里在换鞋的时候，用鼻子嗅了嗅就说了一句：你们开了我一瓶五粮液！所有的人佩服得五体投地。

当然鼻子失灵也是有的，比如酒喝多了或者边上坐一个飘散着浓郁香水味的美女都可能会破坏他的嗅觉，他就曾为此把带着血水的鱼端上桌。

螃蟹的另一种做法是"花椒焗蟹"，汕头潮菜研究会会长张新民先生的拿手菜。

海鲜中，介类与花椒是很好的搭配。中国利用花椒的历史极其悠久，《诗经·载芟》即有"有椒其馨"的说法。在明末清初辣椒被引进中国之前，所有古籍提到的"椒"都指花椒。韩愈到潮州后所写《初南食贻元十八协律》中的"调以咸与酸，芼以椒与橙"，也同样是指花椒——这也是潮州人使用花椒的最早记载了。另，广州博物馆镇海楼展柜里有出土花椒的展品。下面的文字说明："花椒、仁面子、橄榄、榄核，东汉，1956年龙生岗汉墓出土。"可见岭南早就使用花椒。

传统潮菜中也有不少与花椒有关的菜肴，比如"川椒龙虾""干炸虾枣"等。其中的虾枣，越是古老的配方，花椒使用量越多。而青蟹与花椒更是绝配。潮汕产青蟹叫"锯缘青蟹"，因壳缘如锯而得名。另外还有个叫"蝤蛑"的古称，苏轼的《丁公默送蝤蛑》诗便是这样描绘青蟹的："半壳含黄宜点酒，两螯斫雪劝加餐。"清末民初的《清稗类钞》则说："蝤蛑，一名蟳，蟹类，产海滨泥沙中，可食⋯⋯与梭子蟹同，闽人称之为青蟹，较梭子蟹为贵。"

"花椒焗蟹"做法：锅中烧热油，将葱段炒香后盛起，再加入花椒炒香。接着将已切块的蟹肉在平底锅内摆好，均匀洒上淡盐水，加盖，让锅内产生高温的油水混合蒸汽。加热五分钟左右开盖收汁，可将焗蟹汁舀起后浇淋在蟹块上，使蟹块均衡入味。汁干装盘，最后将已热香的葱段摆放在蟹块上面就可以上桌了。

最后总结一下，对于蒸煮螃蟹的火候把握是宁过勿缺，熟了的螃蟹蛋白凝固，再加热也无所谓，但半生不熟就不好吃了。

≈ 没有壳的腌螃蟹 ≈

用一把盐就可以轻易地把海鲜腌制成超级美味,这是潮汕人的神奇技能。

这些海鲜产品几乎无所不包,通过腌制以后,不仅能较长时间保存,还能进一步激发海鲜的鲜味,其中尤其以腌螃蟹为佳。潮汕螃蟹的种类很多,最初是海蟹,后来小河蟹也逃不过被腌制的命运。

潮汕地区的腌制品种类别多花样也多,其实它意味着潮汕地区曾经是一个食物十分缺乏的地区,腌制食品是延长食物保质期的重要手段,食物总得想办法存起来。潮汕有一句古话叫"为天地惜物业",老人们常用它来教育下一代要珍惜粮食。就腌制材料而言,最初用的是盐,而且是用粗盐,后来多了酱油、鱼露,加上各种各样的香料,腌制品的味道丰富了起来。

2008年左右,中华绒毛蟹(大闸蟹)在全国流行了起来,很快它也成为汕头美食界的腌制对象。时任汕头美食学会会长的林自然是最早用大闸蟹来腌制的汕头厨师,以往的潮菜只用膏蟹、瘪蟹、冬蠘和虾蛄等,但是大闸蟹来到了汕头,也逃不过被腌制的命运。现在的腌蟹装盘方式也是大林首创的,所有的腌料都处理得干干净净,并且把蟹全部分解后才上桌,方便食客食用。

[有些地方称为皮皮虾,有些地方称为濑尿虾,汕头把它称为虾蛄,竟然是学名]

对于腌蟹,传统用粗盐腌一般需要二十四小时,基本上不下其他的配料,虽然鲜美但却不够香,而且常偏咸。曾经有同学从上海寄来腌制大闸蟹,用了绍兴花雕酒和不少中药材,口感也很不错,只是相对偏甜。我高中的同学曾经和朋友合开一家私房菜,他们出品的腌制大闸蟹主要采用的配方就是沪派的,中药味比较浓。现在汕头腌蟹基本上采用酱油,而清洗阶段既有采用高度白酒的,也有使用绍兴花雕的,腌制的配料各有所侧重,但百变不离其宗,蟹肉和蟹膏凝固而产生胶质口感全靠盐分。如今,腌好的蟹都要通过速冻来保存,大批量的采购腌制可以吃上一年。

林自然腌制水产品有自己的配方,秘而不宣,记得当年学会的很多会员都想偷师,但他却卖了关子,就是不把配方公开,他腌制的毛蟹着实美味,让人上瘾,将腌蟹称为"毒药"也是由此而来,专指"腌大闸蟹",后来被扩而广之,泛指生腌。汕头潮菜研究会的会长张新民先生后来在此基础上加以改进，对于腌制的蟹类，无论是青蟹梭子蟹还是毛蟹，在食品卫生上加入了超声波清洗、臭氧杀菌和低温杀菌环节，是对汕头腌制食品新的贡献。

当年，林自然的大林苑精细潮菜餐厅是汕头的顶级餐厅，其中，腌毛蟹也是餐厅的压轴菜，餐厅与传统的潮州菜馆有不少差异，比如在上菜的顺序上就大有讲究，一般会有先荤后素，荤素结合，浓淡相间等原则，而腌毛蟹一定是压轴的，绝不先上，因为上早了，其他菜肴的味道便黯然失色。腌蟹的蘸料也是他自己发明酿制的，用朝天椒泡醋，也是一绝。

生腌蟹是大林的骄傲，每次聚会他都会带上两盒，以解众人的思味之愁。大林的腌毛蟹肉似果冻膏似黑色凝脂，特别是蟹壳上的蟹膏软糯香甜，吃过后唇齿留香，是为极品；腌梭子蟹则膏红肉雪，似甜品冰激凌。美食学会当年几乎每周都有聚会，大家轮流坐庄，遍访乡间野食和各式大排档，大家无拘无束没大没小，表面上没心没肺其实却是掏心掏肺的真诚。记得有一回，我就上回卫生间，回来的时候发现大林带来的腌蟹已经被打开，所有的蟹壳一个不剩被抢光了，于是我只能问大林，你们大林苑的腌蟹都是没有壳的？一时成为美食学会的金句！流传好些年。

这就是当年汕头美食学会的氛围，对美食大家互不相让，相互争抢，在饮食江湖大家都自嘲为酒囊饭袋之徒。学会的成员有作家、诗人、文艺评论家、记者、画家、书法家、律师、大厨、建筑设计师等等，大家都不见庙堂之高，只记江湖之远，多少烦心事，沧海一声笑。潮汕俗语说：相让食有存！意思是吃饭的时候互相谦让就不会不够，还会有吃剩的。但这样的饭局总是让人觉得生分，违背了各取所需的原则。就食物而言,分不如偷,偷不如抢,抢不如抢不着。抢来的食物总是格外的美味,而抢不着的食物会让人特别挂念,这才是真正的初恋的味道。就像我又怀念起了生腌蟹的壳,那个壳里装满了友情的味道。

≈ 生腌膏蟹 ≈

螃蟹这种曾经让人望而生畏的丑八怪，最后却变成了餐桌上让人向往的美味。为了纪念这位打破惯性思维的开拓者，后人常常用"第一个吃螃蟹的人"来形容那些勇往直前敢于创新的改革者。这说明螃蟹在美食的历史版图上，的确占据了一席之地，甚至有人愿为这一美味而付出生命，这个人还是历史上的一位大名人。

唐代大诗人孟浩然在明知道自己背上发疽、食蟹会引发中毒的情况下，依然坚持与好友王昌龄品蟹对饮，最终导致毒发身亡，甘愿为美食而付出生命的代价。孟浩然是当之无愧的"吃货"鼻祖，比吃河豚者尤为壮烈。

中国常把敢为人先的先行者誉为"第一个吃螃蟹的人"。可见第一个吃螃蟹者需要多大的勇气并作出多大的贡献。相传，大禹治水时，有一年发生了蟹灾，一个叫巴解的监工，想出办法用开水烫蟹，没想到烫死的螃蟹竟然发出了诱人的香味，也亏得巴解是一个嘴馋的人，于是经受不了诱惑的他成了中国历史上第一个吃螃蟹的人。

由此开始，螃蟹的美味让大家共享了。明朝末年美食家张岱著有《食蟹》一文，专门研究螃蟹的吃法。每到十月，张岱便与友人组织"蟹会"，一人分六只蟹，为怕冷腥，便轮番煮吃。辅食有肥腊鸭，牛乳酪，如琥珀的醉蚶，用鸭汁煮如玉版的白菜，还有各色水果等。可见当年吃蟹是一件隆重的事情。

潮汕赤蟹是我国十大名蟹之一，学名叫锯缘青蟹，有膏蟹和肉蟹之分，膏蟹为卵巢最丰满的雌蟹；未受精的雌蟹和雄蟹统称"肉蟹"。螃蟹含有丰富的蛋白质、微量元素等营养，对身体有很好的滋补作用。近年来研究发现，螃蟹还有抗结核作用，吃蟹对结核病的康复大有裨益。中医认为螃蟹有清热解毒、补骨添髓、养筋活血等功效。对于淤血、损伤、黄疸、腰腿酸痛和风湿性关节炎等疾病都有一定的食疗效果。

潮汕赤蟹以牛田洋产最为出名，因为是咸淡水交界，水生物充足。本人曾在当地工作两年，别的没学会，倒是很快学会了螃蟹的宰杀办法。而对于当地人来说，螃蟹一般是不宰杀的，他们反而认为直接整只焖熟为最佳，而且他们更喜欢吃肉蟹，专门选那些青壮而未曾交配的肉蟹，按雌雄可分为未受精的"乌脐"（"处女"蟹）和"粉公"（"处男"蟹）。这与一般的百姓标准是不同的，人们普遍认为"红膏赤蟹"为最佳，潮汕俗语还用"红膏赤蟹"一词来形容一个人壮实身体好。

对于螃蟹的吃法，被潮汕人视为极品的当属"生腌膏蟹"。膏蟹一定要健康饱实的才好，对于螃蟹，潮汕俗语说"未死先臭"，不健康的蟹即使还活着也是不能吃的。

汕头潮菜研究会曾经发表过一篇《"毒药"是怎么制成的》的文章，"毒药"指的就是腌制的膏蟹，因为它一上桌，其他菜就会变得味淡，所以在上菜时，腌膏蟹应该压轴，好戏放在最后，其他的菜肴皆变成了铺垫的前戏。

文章详细地讲解了腌制膏蟹的方法——

首先是选材。选蟹一定要挑鲜活的,脚有力的精神头足,看看腹部,鼓起的证明腹内膏多。死掉的蟹、掉脚的一定不能选,当螃蟹垂死或已死时,蟹体内的组氧酸会分解产生组胺。组胺为一种有毒的物质,随着死亡时间的延长,蟹体积累的组胺越来越多,毒性越来越大,即使蟹煮熟了,这种毒素也不易被破坏。所以这样的螃蟹是绝对不能买的。

接下来是清洗,先用清水将膏蟹外部的泥污冲洗干净,准备一盆饱和盐水(或白酒、花雕酒),把膏蟹放入,让它挣扎吐污至死。一般来说,无论是什么蟹,在浓盐水中浸泡四个小时以后都会死的,肚子里的脏东西也吐得差不多了。这时再用牙刷把膏蟹的各个缝隙仔细刷洗,将肚脐里的蟹屎也挤出冲洗掉。

腌蟹的材料包括酱油、纯净水、蒜头、花椒、辣椒、芫荽头、香叶、白糖、少量XO白兰地或者米酒也可。将蒜头拍碎,辣椒切段与其他腌料混合,加入酱油和纯净水。把膏蟹浸泡在腌料中,腌制的时间按照蟹种和大小而异,一般来说,赤蟹、膏蟹需要腌制二十小时以上,大闸蟹腌十五小时,小瘦蟹则只需要腌十个小时。腌好的螃蟹可用保鲜袋分装冷冻。冷冻可以起到杀菌和改善口感的作用。

其实,腌蟹并非潮汕特有。"腌螃蟹"源自中国,自宋代起,就流传一种叫"洗手蟹"的蟹馔,应可归入"蟹生"一类。傅肱《蟹谱》:"盥手毕,即可食,目为'洗手蟹'。"做法是将活蟹洗净斫小块,用盐、酒、生姜、陈皮、花椒等调味料拌匀。目前国内就以宁波红膏炝蟹和潮汕腌膏蟹最为出名。

甚至韩国也有酱油和辣酱生腌螃蟹两种做法。用酱油的做法在配料上与潮汕大同小异，但方法不同。韩式会首先把酱油加水会同各种配料烧开，这是一个消毒的过程，活螃蟹洗净放入器皿中，将放凉后的酱油倒入，密封放置冰箱里一周左右才食用。这中间，腌料还要再次倒出来煮沸，等凉后再加入新的葱、蒜等。显然对于杀菌消毒问题更为重视。大热韩剧《来自星星的你》中就有一个情节：女主角收到邮购的腌螃蟹，从玻璃罐子里面捞出腌制的螃蟹，并和都教授一起坐在电视机前，用白饭拌入蟹黄、蟹肉，还有一句足以煽动吃货欲望的台词：这蟹黄配上热乎乎的白饭那可就绝了啊……

≈ 食蠘试身份 ≈

潮汕人喜欢吃生腌海鲜，腌制海产品也成为汕头美食的一张名片，被越来越多的外地游客所追捧，但其实并非所有的人都消受得了。

潮汕俗语"食蠘试身份"讲的正是这个道理，生腌的蠘虽然味道鲜美，但肠胃不好的人容易引起腹痛腹泻，是检验人肠胃能力的一种食物。俗语也告诫人们做事要量力而行，没有金刚钻别揽瓷器活。

潮汕人说的蠘（也写作"蛴"）就是梭子蟹，是一种分布广泛的蟹类，在亚洲、非洲、欧洲、美洲和太平洋都有出产。梭子蟹为印度洋与西太平洋区域最常见最有经济价值的蟹类之一，中国的沿海地区都出产梭子蟹且产量可观，是出口的重要产品，每年出口韩国最多，占据了一半。据公开的数据，2022 年 1—9 月，韩国从中国进口的梭子蟹 3477 万美元，占中国梭子蟹出口总额的 53%。美国同期从中国进口梭子蟹超 900 万美元，占总额的 14%。

潮汕人常见处理梭子蟹的方法简单粗暴，直接把梭子蟹埋在粗盐里，二十四小时后取出食用，点上辣椒醋，肉质鲜美嫩滑。过去汕头的海鲜大排档和白粥夜市生腌蟹最常见的就是腌梭子蟹，而不是锯缘青蟹，梭子蟹吃的是肉，青蟹让人惦记的却是蟹膏。这种做法应该与当初渔民为保鲜而用盐处理在海上抓获的梭子蟹有关。

[五花八门的生腌]

梭子蟹的壳会随着成长不断脱换,每次脱壳后它们都会短暂变得柔软和脆弱,但随后会逐渐变得更加强硬和健硕。自然条件下梭子蟹要经过17—18次脱壳才能达到性成熟,繁殖后的梭子蟹仍能继续生长,据资料介绍,寿命三年的梭子蟹雌蟹至少脱壳27—28次;而在人工养殖条件下梭子蟹经过13—14次脱壳生长即能达到性成熟。

此外,梭子蟹还是海洋生态系统的重要一环,它们在食物链中的位置非常关键,可以影响到整个海洋生态系统的平衡。作为中间消费者或食物链的下层消费者。它们吃海藻、小型无脊椎动物、小鱼等,同时也被大型鱼类、海鸟、人类等食用。梭子蟹数量的增加或减少会对食物链的稳定产生影响。

虾蟹一向来被视为高端的食品，特别是在冷链还不发达的年代。二十世纪九十年代末，汕头广电曾经承办一次全国会议，宴会自然少不了虾蟹等海鲜。螃蟹和大虾让参会的内陆同行们备感兴奋，虽然主办单位已有所控制，但当天晚上还是有三位嘉宾因为食物过敏而被送到了医院。当时吃的还不是生腌的虾蟹，已然让一些内陆的同志无法消受。

虾蟹如果不新鲜，产生的细菌引发拉肚子是正常不过的事情，虾蟹等海鲜食品中还含有一种叫做组织胺的物质，组织胺是由蛋白质产生的，主要是在细菌腐败过程中形成，如果虾蟹等海鲜食品不新鲜或被污染，其组织胺的含量就会增高，从而更容易引发过敏。

但新鲜的虾蟹也好不到哪去。潮汕人对此深有体会，俗话称作"癫"，是对肠胃的一种考验，当然，中医会把它解释成"极寒"。特别新鲜的虾蟹其实也不能多吃，特别是那些少吃海鲜的人，容易产生过敏反应。因为虾蟹含有一些特殊的物质，这些物质被称为异型蛋白。异型蛋白对于某些体质敏感的人来说，是类似于抗原的物质，会引起免疫系统的过度反应，从而引发过敏症状。

常见的虾蟹过敏症状包括皮肤瘙痒、红肿、荨麻疹、呼吸困难等，严重过敏者还可能出现休克和死亡。

虾蟹过敏与人体的分解酶有密切关系。人体内有许多分解酶，它们参与了人体的各种生物化学反应，分解酶在食物消化中扮演重要角色，当一个人的身体中缺少对虾蟹含有的蛋白质的分解能力时，就会出现过敏反应。

而非常有意思的是，分解酶是人成长过程中为分解不同的食物而自然形成的，胎儿就已经开始分泌分解酶，如唾液腺分泌的唾液淀粉酶、胰腺分泌的胰酶等。人在儿童期到成年期的过程中，人体的分解酶包括种类和数量逐渐稳定，据有关的研究表明，这个年龄一般在十四岁左右。举个例子换一种通俗的说法，一个人能不能喝酒？酒量如何？其实在十四岁左右就基本上定了，因为你身体中的酒精分解酶多少已经稳定下来了，后天你如何锻炼也没多大用了，所以才有错觉说有一些人天生就是好酒量，有些人即使天天喝也是一碰即倒。

人的身体是一个庞大而复杂的系统，分解酶的产生和小时候的吃食有关系。水来土掩，兵来将挡，吃了什么东西，身体就会神奇地分泌分解酶，想办法来分解它，而成年以后，身体就开始犯懒，觉得够用了就不再产生新的分解酶，这个时候如果再有陌生的物质进入肠胃，坏了，对付不了，那只能腹痛腹泻，甚至过敏了。

在北京读大学的时候，我有一次过敏的经历，由从家里带去的虾干引发，这让我百思不得其解，鱼虾蟹对于海边的孩子来说是最常见的食物，过去从未有过敏的反应。莫非这些分解酶也有惰性？因为较长时间未能吃到虾蟹，这些分解酶组织纪律涣散，闲散惯了躺平了，未能及时动员起来应战而打了败仗。这让我这个海边成长的潮汕人很没面子。

在学校医务室输完液后，第二天发狠把虾干继续拿出来吃，检验一下已经打了一回败仗的分解酶的战斗力，这回没事了！至今未再吃虾蟹过敏。分解酶队伍战斗力恢复了，能够及时总结失败教训，在哪里跌倒在哪里爬起来了！但事实也说明，长时间没有实战考验的队伍是会垮掉的，躺着舒服就忘记了站起来，更别说跑起来！

≈ 血鳗吃补 ≈

鳗鱼的品种不多,资料显示只有十八种,在闽粤地区,血鳗是其中最贵的一种。

闽粤地区都讲究食疗,血鳗身体被划破后会流出鲜红的血液,由此得名,也被视为补血佳品,向来被珍视。

活的血鳗和死的血鳗价钱相去甚多,活血鳗烹饪是不放血的,直接用砂锅撒下一点盐焖熟了便是美味,开膛放血被认为补血效果就会打折扣。死的血鳗开膛是为了清除它的苦胆,死后胆汁外溢需要清洗腹腔,但一般都会先将血鳗放在开水里烫个半熟,一方面是为了清除身上的黏液,另一方面是为了把血凝固下来,不会因为开膛而流失。

新鲜的血鳗如果没有清除内脏,内脏部位便会带有苦味。有一次我见到一位厨师的处理方法不由得拍案叫好,只见他用大拇指按住血鳗的肚子,扣住了往鳗鱼头的方向迅速扯动,内脏竟从嘴抠出来,外表依然完好,而内脏却清除了,便没有了苦味。

眼下流行一句话叫"风浪越大,鱼越贵",可对于血鳗来说恰恰相反。

血鳗生活在近海的泥沙里,它的捕食方式也属于被动狩猎型的,躲在泥沙里面等待小鱼虾或微生物自投罗网,倒也生活得悠然自在,关键是安全。只有大风大浪来临，近海的泥沙全部被搅动，它们才被迫随波逐流，而离开了泥沙的保护，它们的命运就只能看运气了，因为近海沿岸的各种捕鱼工具密密麻麻，风高浪急是渔民们的收获期。

血鳗的市场价格浮动很大，全看市场的供应。一年中，秋冬季节是所谓进补的节气，这个时候的血鳗恰好最肥美，骨头最软。到了年前，血鳗的价格可以是平时的三倍，既是年货也当药材。不过对于我来说，这个时候再肥也不吃，吃不起啦。

血鳗的烹制方法对于一般家庭来说，煮粥是最常见的，而且常常被用于病后身体的康复。对潮汕人的肠胃来说，粥便是食疗，而增加的任何一种食材都是疗效的催化剂。血鳗粥各有各的做法，没有被标准化。有的下肉末有的没有，有的除了盐什么都不下，也有的加入冬菜或老菜脯，各有各的精彩。

餐馆中最常见的做法是油炸或者是焖菜脯，都是切段的，整一条焖的做法我第一次见到还是潮菜大师林自然做的，在气势上压人。

在翻阅有关资料时，发现一段文字记载。清嘉庆的《澄海县志》描述血鳗为"身小如黄鳝，多血，晒干食之佳"。可如今未曾在市场上见过血鳗的干货，这种处理食材的方式已经失传了。或许过去的产量高，为了保存，就像其他鱼类一样做成了干货。如今，鲜货市场上供不应求，也就没有做成干货的必要了。

记得有一次在汕头潮菜研究会无意中聊起，大家说，汕头最好的血鳗都在"富苑美食"。

这话是有依据的，并非开玩笑。因为一年四季吴记富苑美食都有顶级的活血鳗供应。美食家张新民曾经说过，除了日常的供应商之外，经常可以看到富苑的老板吴镇城在市场的顶级海鲜摊档出现，对于那些顶级的海鲜产品，吴镇城是"走过，路过，不会放过"。

汕头潮菜研究会副会长朱伟洪曾经很感慨地说，城兄对饮食的投入是很多老板做不到的！他曾经举过一个例子，许多人都认为做餐饮只要菜做好就行了。于是有厨师看到老板生意好，便自我膨胀，来个釜底抽薪自立门户，但却发现，老板的生意没有受影响，自己的生意却做不起来。朱总认为，这是因为他们只懂得做菜，不懂买菜。

买菜说到底就是"看人下菜碟"，了解市场的需求，了解他的客人，要做到这一点，不是一件容易的事，非得下苦功夫不可。

≈ 吃乖鱼无相叫 ≈

河豚的外表很可爱，一副憨厚老实的呆萌样。

过去，韩江出海口的河豚特别多，都是个头比较小的品种。

二十世纪七八十年代，韩江边有许多市民临时设点拗罾，几乎每一网都会有河豚，如果没有别的鱼谁都不会去捞它，偶尔不小心和别的鱼一起捞上来，就会被弃至岸边，成为小孩们的玩物。

现在还有一些年轻人把它们当成观赏鱼来养，因为它们有斑斓的花纹，还有憨态可掬的泳姿，真是颜值与笨拙齐飞。

千万别被这些小家伙憨厚的外表迷惑，它是典型的好战分子，达到了一缸难容两鱼的极致状况，连同类也下得去嘴。它四颗看似鲁钝的大门牙可不是摆设，咬合力十分惊人，我曾经到新津河口的一个水闸处钓鱼，没想到那里是清一色的小河豚，它们竟然可以轻易地把小鱼钩咬断，鱼钩被断伤害性不大，但侮辱性却极强。

潮汕人把河豚称为"乖"鱼，其实这是一个别字，它的所作所为也一点都不乖。

河豚最早的名字写作"鲑"，与如今被做成三文鱼的大马哈鱼没什么关系，在《山海经》里面就有"其中多赤鲑"的文字，后来"鲑"字变成了同音的另外一个字"（左）鱼（右）规"，这个字生僻得要命，电脑字库里都没有，但《尔雅·释鱼》中有记载："（左）鱼（右）规，今之河豚，一作鲑。"正因为这个字太过生僻，因此，潮汕人取其音，用"乖"代之。

由此可见，潮汕人对于河豚的称呼其实是源自古音，文字上的变化是避繁就简的一种自然选择。另外，潮汕人会将鼓胀起来的球状物形容为"乖乖"，比如困难时期的小孩，因为营养不良出现"饥饿性浮肿"，一个个骨瘦如柴却肚子浑圆，人们就会说这个小孩"肚乖乖"，从历史上看，这个形容词应该就是源自河豚。

河豚的食用历史很长，甚至有"鱼中第一鲜"之说，苏轼说的"食河豚而百无味"也是这个意思。据说苏东坡到了江苏常州，这里有吃河豚的习俗，有人邀请这位老食客尝鲜，大有戏弄之意，未承想苏东坡二话不说沐浴更衣后毅然决然赴宴，引得路人围观，最终成就一段美食历史佳话。苏东坡面对河豚就是一阵埋头苦干，在心满意足后长出一口气："也值得一死！"

可想而知，对这位中国历史上著名的老饕来说，虽然表面任性潇洒，心里却也是抱着赴死的决心的，之所以一直不说话，非"食不语"的礼仪，想必也是想多吃点，做个饱死鬼吧。拼死吃河豚，以死相搏换来的口腹之感即使普通平常也得说好吃，至少过量分泌的胆汁可以迅速分解食物，好消化。

由于历史上总有些人误吃河豚而中毒，所以河豚有一段时间被禁止销售食用，后来，由于日本市场的大量需求，作为出口产品，江浙一带首先被允许进行人工养殖。有了养殖业的兴起和科研的进步，河豚鱼的销售和食用也就慢慢放开了。

记得上回去苏州、无锡等地，到餐厅吃饭，朋友都是首先推荐他们认为最具地方特色的河豚,但都感觉踩了雷。普遍的做法都是红烧,浓油赤酱首先观感就不好;其次,完全感觉不到鱼肉本身的鲜美,甚至冰糖的甜味更为明显;另外,鱼皮还带有沙粒感,磨牙。若当年苏东坡吃的就是这般味道的河豚,那他当年说出那些话来肯定是收了代言费的。

潮汕民间一直就有吃"乖鱼"的行为,即使在政府明令禁止的年代。民间的习俗是吃河豚要自己提出来,不会主动相邀,俗话称:"吃乖鱼无相叫。"记得有一年我去汕尾,到大排档点菜时,朋友特地介绍说,这里的乖鱼很出名。我也没有在意,等吃完了才问他怎么不见乖鱼?他笑着说:"你没点,这个要你自己点。"有意思的是,他老婆在食监局就是专门负责查处销售食用乖鱼的。

潮汕人从来不说"拼死吃河豚",因为根本没有那个必要,潮汕人虽然敢直面生死但却最懂得风险的防控,这种性格特点在经济领域里面体现最为突出。

潮汕人吃的新鲜河豚鱼其实只有一种"青乖",学名叫暗斑腹刺鲀。吃青乖要看季节,一定要等到它产卵以后,这种河豚在这个时候既无河豚之毒,却依然保留着河豚之美味。

记得当年汕头美食学会曾组织到潮阳海门考察,在莲花峰风景区门口的一家大排档,见有五六斤新鲜的河豚鱼肝,可把美食大家林自然馋坏了,一下子全包圆了,把当时一些没有吃过的同行者吓坏了。有人不知,由于季节和品种不同,即使被认为最毒的河豚鱼肝在这个时候也是完全没有毒的。

河豚鱼的肉美不美还依赖烹饪的火候。林自然先生在这一方面确实是当之无愧的大师,当时他在中心城区海滨花园西侧还开有一家

"大林家常菜馆",那也是他的一个实验基地。有一次吃清蒸青乖,他吃了两口就嘱咐厨房重做,说蒸的时间多了十秒。我说:"你的味觉比秒表还准!"河豚火候过了,鱼肉便开始快速收缩而变柴,其鲜嫩的特点就会荡然无存。世间许多事情都是过犹不及的,不止做鱼这件仅限于方寸厨房的小事。

潮汕民间还喜欢吃乖脯(河豚鱼干),叫沙纹乖。这种河豚有一定的毒性,所以不能直接生食,做成鱼干以后,通过晾晒也不能完全去除鱼肉中的神经毒素,但潮汕人有独特的处理方式,河豚鱼干拿来烹制时要先经过火烤或者油炸,然后再用它来煮萝卜、煮羊肉等。我实在搞不清楚潮汕人是从哪里得来的灵感和智慧?经现代科学研究,河豚毒素分子一般加工处理是难以破坏清除掉的,只有在高温220℃以上才能将其破坏而没有毒性,而无论是油炸还是火烤,都要远远超过220℃。

汉代张仲景《金匮要略》给出的解河豚鱼中毒方:"芦根煮汁,服之即解。"但事实证明这个方子无效。倒是据民间记载,江浙的名流们当年吃河豚要准备几桶粪水,出现问题,随时喝粪水催吐更有效。

这种吃法实在是有辱斯文,吃饭变成了吃屎,那会不会是一辈子的噩梦?

曾有一笑话。众人煮河豚让狗先尝,狗吃完跑了出去,众人放心开吃,一会儿仆人来报狗死了。众人争喝粪水,隔一会儿仆人又报,死狗已寻回,让车撞死的!

≈ 爱得要死的鱼饭 ≈

只要是潮菜馆子,一定会有"鱼饭",而且会第一个上桌,一般还有多种鱼类供选择。

潮汕有两样东西是生活中必不可少的,被视为与粮食一样重要。一为茶叶,潮汕人称"茶米";一为冷却后的熟海鲜,潮汕人称"鱼饭"。

既然为"米""饭",其生活地位可想而知。

纪录片导演、美食家陈晓卿先生在《吃着吃着就老了》一书中有一篇文章专门写了鱼饭,他说:"鱼饭这东西,是一种典型的地域美食,非常难以运输,它本来是潮汕海边穷苦人家的吃食——因为没有粮食,只能拿腌鱼作为主食。"同时,他还说,鱼饭的"那种鲜,可能是北方人一辈子都无法体验的","许多东西外地人都没有办法欣赏,而潮汕人却爱它到死"。

鱼饭是潮汕人的至爱,特别是那些远在他乡的潮汕人,常常会为家乡的鱼饭辗转反侧难以入眠。记得当年有一个朋友到浙江工作生活,看到朋友圈里我发的鱼饭照片,半夜两三点给我发信息,实在是睡不着啊。如今有了冷链快递,终于,从家乡寄来的鱼饭慰藉了乡愁,更安抚了蠢蠢欲动的味蕾。

粤语方言地区到处可见"潮州打冷"的招牌，广义上说是指潮菜大排档的大众化经营模式或冷盘熟食；而狭义上的"潮州打冷"就是特指"潮州鱼饭"。当然潮州鱼饭不只是鱼，准确地说是海鲜的冷盘，鱼虾蟹等海鲜做熟之后再冷吃或冻吃，海鲜原形原色依然完好如初，鲜味不失，最大限度地演绎了原汁原味的含义。

"讨海"自古就是潮汕人的一种谋生手段，而且这个词很生动，"在大海中讨口饭吃"，字里行间透着艰辛和窘迫。明末林熙春的《宁俭约序》谈到潮州当时的饮食，有"水陆争奇"的感叹，他的《感时诗》也有"法酝必从吴浙至，珍馐每自海洋来"的记述。潮汕人多地少，从海洋中获得食物是"靠海吃海"也是环境所迫。要知道，耕海生涯比陆上耕作更辛苦也更危险。而把"鱼"当饭吃也不是什么"土豪"作风，实属无奈之举。

早年，因受条件所限，没有冰块更没有冻库，捕鱼的渔民往往走远了就来不及回港，船上的渔获又极易变质。在当时的条件下，只有两个办法，一个是撒盐保鲜，但盐也是有限的，所以只能少量；另外一种办法就是将鱼煮熟，延长保存时间。有一种说法是渔民直接用海水来煮鱼蟹；而另一种说法是用淡水煮再加点盐，将鱼煮熟后在其表面再撒一层粗盐，这就是鱼饭的由来。

即使在夏天，鱼饭也能保存好几天，以前渔民出海几日不归时，最主要的食物就是鱼饭，真的把鱼当成米饭。俗话说：巧妇难为无米之炊。渔民的海上生活就是无米之炊。

鱼饭的诞生是无奈之举，但却成就了一种鱼的烹饪方法，而且极能体现潮菜在烹制海鲜时追求原汁原味的食理。过去，鱼饭只是潮汕人餐桌上的家常菜，而普宁豆酱是鱼饭的灵魂，少了普宁豆酱，鱼饭的鲜美会大打折扣。如今，鱼饭成了高档潮州菜馆的特色佳肴，身份变了，标配也发生了变化，它的蘸料已经不止普宁豆酱了。一些酒楼对酱碟佐料也颇多讲究，越来越丰富，随食客的喜欢而提供多种选择。我曾在一家餐馆看到一盘鱼饭配上八个酱碟的空前盛况，有潮汕传统的普宁豆酱和汕头辣椒酱、鱼露、酱油，也有四川的麻辣豆瓣酱、湖南辣椒酱、西餐的沙拉酱和柠檬汁，可谓海纳百川、东西融合。这倒是给了鱼饭更多的味道想象空间。我是喜欢尝鲜的人，把各种味道全试过，依然觉得意犹未尽。

[构图优美的汕头鱼饭，图中为本港的沙尖鱼]

在汕头的任何一家肉菜市场都能找到售卖鱼饭的摊档。最常见的是把鱼叠成菊花状或者并排摆放，容器则多为竹篓子。鱼饭的种类也有不少，常见的有巴浪、那哥、秋刀、乌鱼、午笋、鹦鹉鱼、鲳鱼、黄墙、马鲛、鲷鱼、带鱼、银鱼等，平常都有十几种可供选择。按潮汕人的习惯，鱼饭的种类还包括了虾蟹和贝类。常见的其他鱼饭品种还有：冻红蟹、冻小龙虾、小鱿鱼、海鳗、薄壳米和红肉米等。

［冻红蟹是潮汕鱼饭的顶流］

过去，用来做鱼饭的大多不是什么高档的鱼类，也多少有些"下里巴人"，是平民百姓日常的食物，不过，近些年，鱼饭有了崭新的形象，犹如明星嫁入豪门，开始跻身上流社会，上了各种高档潮菜酒楼的餐桌，也显得"阳春白雪"起来。一方面，是一些高级鱼类的加入，比如冻大红蟹就风靡港台，被誉为葡萄酒的绝配。而高档的大龙虾、虾婆、鳕鱼、黄花鱼、苏眉鱼、龙胆鱼、东星斑、墨斗都被做成鱼饭。另一方面是鱼饭这种追求食物本味的做法被普遍认同，甚至被上升到哲学的高度，什么"至味无味"之类的玄乎评价让它多了些神秘的光环和谈资，鱼饭自然也就身价倍增了。

食物有时很简单，原本就是鲜美的东西，何必画蛇添足，简单就是美！北方内陆很多地方做鱼，不是煎炸就是红烧，是因为淡水鱼多带泥土味，不得已为之，即使是海鱼，长途运输的关系多不新鲜，也只能用香料来掩饰，也是不得已为之！

　　生活中伪饰的东西太多了，让人仿佛置身于一个虚拟的世界。这时候，真实的存在就是难得的美！天然的景区非得装饰上假山假水假树假花，好好的容颜非得垫个高鼻梁削个尖下巴，小有成就的个人非得花钱弄个假学历弄个空头衔……失真反而掉价了！

　　对于某种食材的处理各地有不同，往往是地理、文化等因素综合构成的历史积淀，并没有高低之分，是有没有条件，有什么样的条件。非不为也，实不能为也！

≈ "打冷"的背后 ≈

近几年来,潮汕美食名声在外,这得益于媒体的推广。首功当属中央电视台《舌尖上的中国》这部纪录片,总导演陈晓卿是我"北广"的师兄,由此也开启了他与汕头美食的不解情缘。《舌尖》成为一部现象级的片子,引发了出乎意料的强烈社会反响,也开启了中国美食纪录片的热潮,这部片子介绍了多种潮汕的美食,不少观众专程到汕头按图索骥寻找美味。在随后陈晓卿导演的几部美食纪录大片中,包括《风味原产地》《风味人间》《我的美食向导》等,汕头美食频频出镜,晓卿师兄给"美食孤岛"的定位逐渐清晰树立起来,加上这些年个人短视频的兴起,美食打卡成为主流内容,可以说天时地利人和都具备了,汕头的美食由此出圈。

说起潮菜就必然要说到它的发展史,潮菜之所以有今天的成就,与香港有非常密切的关系,"打冷"一词就足以成为佐证。

在港台和珠三角地区随处可见"潮州打冷"的招牌,它算得上潮菜的代表性菜品,而这个词源于香港。可在潮汕本土,许多本地人甚至反而不知"打冷"为何物?有北方的朋友到汕头觅食,最终因未遇"潮州打冷"而深感遗憾!哈哈!等到我说明白了,才恍然大悟。

广义的"潮州打冷"指潮州菜中的一个大众化、平民路线分支,泛指潮式大排档所经营的饮食,以冷盘熟食为代表形式,可事先烹制完成,摆上摊位出售,少了现场加工的急促和烦琐,适合街头摊档的运作,与高档酒楼里做工精细价格高昂的潮州菜形成对应。汕头潮菜研究会会长张新民先生甚至把它总结为"潮州打冷就是一种潮式快餐"。它通常由如下几类组成:"一是卤水类,如卤鹅、卤猪脚、卤豆干等;二是鱼饭类,常见的有巴浪鱼、大眼鸡和红鹦哥鱼等,按照潮汕的食俗,薄壳米、红肉米和冻红蟹、冻小龙虾等贝壳虾蟹均属此类;三是腌制品,常见的有腌膏蟹、腌虾蛄、咸血蚶和菜脯、咸菜等;四是熟食类,如猪肠咸菜、猪尾炖豆仁、春菜煲等。"而且他认为,在潮汕本土,打冷就是本地"夜糜"或"夜糜档",原因是这类大排档的前身正是旧时沿街叫卖的夜糜摊!

到了汕头而没有吃过汕头夜糜的人算是白来了,特别是那些本身就冲着汕头美食而来的食客。没有几张与琳琅满目的各式鱼饭、腌制虾蟹合影的照片,你都不好意思说在汕头吃过饭。

[鲭鱼,潮汕称花鲦,也是巴浪鱼的一种]

[血蚶，只需用开水烫过就可以上桌]

在自媒体时代，就美食而言，汕头最上镜的美食还真得算"打冷"，谁见了都忍不住食指大动，更忍不住按下相机快门。

"冷"是指这些食店所经营的菜式多属于冷菜。而"打"则是"吃"的意思，"打"字作"吃"意古语便有，在宋元小说中，常有"打尖"或"打店"的说法，这两个词是指在旅行途中到饭店去吃饭。同时，以前在香港，到这些潮州大排档去消费，也称为"打冷"。

也有观点认为，"打冷"来自粤语的"打鳞"。大排档多经营海鲜，做蒸鱼时，档主会征询客人的意见，鱼是否要打掉鱼鳞，问"打鳞吗？"，由此而来。

而流行的另一种说法是"打冷"来自潮汕话"打人"的意思。大家当然会纳闷，打人与吃潮菜何干？这得从二十世纪中叶说起，那时香港帮派林立，当年潮州帮也就是影视剧里常会提到的"义安帮"势力较大，那个时期经常会有一些其他帮会的人到处去吃"霸王餐"，当时的香港皇后街有多家潮州小食店和大排档，如果遇上这些不速之客，只要有谁招呼一声"打人了"（音似"打冷"），各店就会联合起来揍这些人。慢慢地，人们就把"打冷"（打人）与吃潮州菜联系在一起了。潮汕人在外抱团是出了名的，两句家乡话一杯工夫茶就是"家己人"，所以，撒野撒到潮汕人的地盘来吃霸王餐就免不了挨打，于是"潮州打冷"这个词就传播开来。我个人觉得这个说法不靠谱，把一个族群的生存生活状态和一种菜式联系在一起，潮汕族群当时普遍处于社会的最底层，这种说法多少有点排斥挤兑的味道。

狭义上的"潮州打冷"则是特指"潮州鱼饭"，通俗一点，可以理解为海鲜的冷盘，鱼蟹做熟之后冷吃或冻吃，海鲜原形原色依然完好如初，鲜味不失，最大程度地演绎了原汁原味的含义。

本文其实无意探讨潮州打冷的菜式或演变，只是希望从一个词汇的来源去回溯潮菜发展史中香港的乡亲们所作出的重大贡献。

潮菜很早就随着移居香港的潮人而进入香港饮食业，但初来乍到，没本钱也没能力只能做些家乡土菜和小食，最初的潮菜经营者都是些小摊贩，就是一些小街小巷内的"打冷"档口，来光顾的也是那些潮籍劳力阶层的"家己人"，菜式简单粗糙。一段时间，即使有了一定的原始积累，许多经营饮食业的潮汕人为生存发展，都选择以当时主流的粤菜为号召。直至1929年，才有第一家正式打出潮菜招牌的"天发餐室"，而直到1935年才转为稍具规模的酒家。到了二十世纪五十年代，被潮州商会列入统计表的潮菜酒楼已有六十多家。二十世纪七十年代，旅港潮汕人增至九十余万，占了全港人口的五分之一强，潮汕人在生意场上也崭露头角，潮州筵席应时而盛，潮州菜的号召力才逐步显现。以"暹罗燕窝潮州酒楼""环球潮州酒楼"为代表的中等规模的酒楼在选料和制作上也开始突破原有食谱，兼容并蓄不断推陈出新。而潮汕人的创新能力和经营智慧开始在饮食方面得到充分体现，其中，不得不提1978年在香港九龙加拿芬道开张的"金岛燕窝潮州酒楼"，酒楼首创设立海鲜大池，后来席卷内地的"生猛海鲜"一词正是由此而来，这个时候的"粤菜"已在不知不觉中让潮州菜占据了主导地位，而香港的潮菜则与香港的开放型经济社会一样，以一种开放性的姿态积极学习其他菜系的精华，这个时期的潮菜不再是早期"打冷"的简单粗糙，而是"食不厌精"，于是，成功将潮州菜推上了高级菜肴的行列。香港学者普遍认同，"金岛"是潮菜成功高档化的实践者，不仅使潮菜成为中国菜的顶级菜式，更是潮州菜走向世界的第一功臣。

改革开放之后，汕头成为了第一批经济特区，许多乡亲回到汕头开办酒楼，又把香港的潮菜带回到了它的发源地。

经济地位能左右生产力和影响力，潮汕乡亲在香港经济领域的崛起推动了潮菜的兴旺发展，而香港在世界经济中的特殊地位又助推了潮菜的对外扩张。潮州菜在香港以"打冷"起家，又从香港这个自由港扩展到了世界各大城市。二十世纪八九十年代，香港作为"购物天堂"，服务业高速发展，港府1991年统计年报称，饮食业在香港生产总值中所占有的比例竟达24%，香港成了世界公认的"美食天堂"。在霓虹闪烁、灯红酒绿的酒楼餐室中，潮州酒楼已脱颖而出成为"美食天堂"的顶级美食。

潮州菜在本土的发展是有断层的，但却在香港续上了香火，潮州菜扬名立万的成就要感谢香港。今日，本土的潮菜在享受菜系地位和成就的时候，请不要忘记向香港的乡亲和饮食界前辈致敬！

≈ 不起眼的小沙虾 ≈

说起来挺有意思，内陆地区的人提起虾来一般都会说"大虾"，以大为美，认为虾是越大越好，而生活在海边的人从来不这么分，首先是看野生的还是养殖的，然后是虾的品种，甚至会认为野生的小虾才是最好的。有一种小沙虾就非常受潮汕人的喜爱，它可比大虾受欢迎。

小沙虾是野生的品种，栖息在近岸浅海的沙泥地中，因为特别喜欢潜伏在沙地里捕食，所以被称为沙虾。它有非常强的生命力和繁殖能力，据有关资料，它一次能够产卵达到二十到三十万粒，虽然个子不大，但壳薄体肥，肉质既嫩且鲜，还很有弹性，口感胜过许多名贵的大虾。

吃虾最麻烦就是剥壳，还要防止被虾刺虾壳所伤，对于壳薄肉厚的小沙虾来说，剥壳还是有点累，于是潮汕人直接用油炸的方法来处理，把虾壳炸得酥脆，便免去了剥壳的烦恼。

油炸虾仔是汕头老市区福合埕阿鸿大排档的招牌菜，他的炸虾仔火候掌握特别精准，外壳酥脆，碰到牙齿先化为香郁的粉末，而虾肉依然鲜嫩，我觉得这个菜他已经标准化了，所以得心应手。对于大排档来说，最难的是食材，一年四季都要找到大小差不多的小沙虾才真不容易。油炸虾仔是二十多年来我们每次来都必点的招牌，它不必热吃，可以慢慢吃，放凉也好吃，所以是一个标准的下酒菜，可以从上桌一直吃到最后干杯。有一回一位老师试探着问阿鸿油温和时间怎么把握？阿鸿笑着说你来我给你做就好了，哪用你自己动手。

另一种做法就是炸虾饼，这原本是一种街头小吃，现在街头却不易见到，反而登堂入室成为许多高档酒楼的特色菜。

[不起眼的小沙虾肉质鲜美，备受沿海居民的喜爱]

[潮汕虾饼]

记得几年前,一位潮菜大师说要在他的菜馆增加几个特色菜,开始以为会是什么精细菜,问清楚后才知道是几个传统的潮汕小吃,就包括炸虾饼和虾枣,那是他到潮汕各地乡间走了一圈以后的决定,而那一趟是他的一次民间小吃的采风之旅,回来以后颇有收获,发出了不少感慨。他反复念叨了很久的意思就是,如今市场上大批量生产的各种小吃经过不断的所谓"改良",有的已经面目全非,在本质上就发生了变异,只有乡间的出品还能保持原汁原味。

在乡间的小吃采风让他明白——最本土的或许就是最有特色的,而且经过了历史的考验,这些特色小吃既然有如此旺盛的生命力自然有它存在的充分理由。后来他对酒楼里的小吃来了一次大清理,有不少他认为不正宗的被清除出队,虾饼由此得以增补转正。

而今,炸虾饼这种小吃在汕头不少酒楼都有经营,虽然各自有些配料制作上的差异,但本质上并没有什么变化,倒是多少有点复古的味道。

炸虾饼一直流行于江南地区,差异并不大,只是虾的选择和处理有些变化而已。关键是该地方得有新鲜的虾出产。潮汕虾饼自然名声在外,与汕头同处南海边的湛江也有地方特色的虾饼引以为自豪,而在江苏省常州市,由于虾饼的形状类似腰鼓一样又被称为"铜鼓饼"。在泰国也有炸虾饼,近几年泰式炸虾饼也出现在汕头,与东南亚菜一起受到一些喜欢尝鲜的年轻人的青睐,但泰式虾饼与国内的相比就有较大的差异,泰国是一个水果出产丰富的国家,处处可见水果入菜,虾饼也不例外,会加入各色水果,还有猪肉、糖和泰国酱油等,从味道上辨识,虾的特色并不明显,而且有点像饺子的做法,皮包馅,并不是配料浑然一体的。

据说虾饼距今已有两百多年的历史。清代文学家袁枚在《随园食单》介绍了两种虾饼的做法：一种"以虾捶烂，团而煎之，即为虾饼"；另一种是"生虾肉、葱、盐、花椒、甜酒脚少许，加水和面，香油灼透"。潮汕的虾饼与此两种都有区别，把虾捣烂或取虾仁来制作的，在潮汕地区已变成另外一种食物"虾枣"了。

潮汕虾饼与外地的不同之处在于虾的选择上，潮汕虾饼并非取虾仁，而是选择中小只的沙虾，先将沙虾的头和尾用剪刀剪掉小部分，加入精盐、葱粒、五香粉拌匀腌制，然后加入面粉、生油，用清水拌匀制作成虾饼浆，将鼎烧热，放入花生油，待油烧热后把虾饼浆淋在锅铲上，逐件放进油鼎炸至酥脆捞起，用刀切成块装盘。有的酒楼会用白醋、白糖、番茄酱、红辣椒酱、湿粉水、麻油等制作成蘸料，跟虾饼一起上席。

从历史上看，潮汕的虾饼也有好多种。首先从原材料上区分，有淡水的溪虾、河虾与海虾的区别，关键是看该地方的出产，靠海吃海，靠江河自然就吃淡水虾了；另外还有制作上的不同，过去潮州府城内有一种虾饼，是用面饼包裹着小虾然后进行煎炸的，最终演变为后来的春饼。在汕头常见的虾饼三四十年前似乎针对的目标消费者是小孩，往往与煮熟的钉螺、风吹饼等一起售卖，小摊都摆在学校的门口，小碗口大小，薄薄的一片，炸成圆形，香脆可口，长长的虾须和尾巴是不剪掉的，有消费条件的孩子炫耀的时候常常拎着突出的虾须，像凯旋的猎人拎着猎物，那种心理的满足感可想而知！

小沙虾同时也是过去夜宵大排档的生腌主角，鲜活又味道鲜美且价格不高，这才是夜宵烟火气息的首选。虽然生腌是夜宵大排档、白糜摊不可缺少的标配，份额并不高，一般也就两三种，最主要的就是生腌的小沙虾，腌赤心虾蛄、腌膏蟹、腌小龙虾等这些高级食材老百姓日常哪里受用得起！大排档其他的基本上都是熟制品或是现场炒制的鱼肉菜。现在通过媒体的宣传，许多外地人错误地认为生腌是汕头饮食的日常，好像天天在吃腌制海鲜，其实不然，即使是汕头人，生腌海产品也是偶尔吃吃，天天吃肠胃受不了。所以对于生腌海产品不能过度宣传，还是存在卫生的风险，一些外地朋友身体中天生就没有相关的分解酶，极容易出现过敏反应，闹肚子还是小事，半夜叫救护车也屡见不鲜。某个信息不断地强化传播就可以在人的头脑中形成刻板印象，这个印象有可能是不完整或者不正确的，古人早就有三人成虎、众口铄金的清醒认识，互联网时代，这种判断失误更是随时随地都在发生，比如汕头人天天在吃生腌！

PART FOUR
第四辑

海风
盛宴

≈ 海鲜大排档的烟火 ≈

曾经,汕头烟火弥漫的夜晚主角是各种大排档,大排档是这座城市夜幕下的标志,是这座城市生生不息的活力和生活情趣,相比川蜀的麻辣火锅,汕头的大排档更为活色生香。

都是以美食著称的城市,成都的夜生活是清一色的麻辣烫,汕头则是海鲜大排档。但就食材的变化和制作要求而言,两者不在同一水平线,麻辣烫是最接近于预制菜的懒人食品,而海鲜大排档是高档潮菜的基础和入门,看似简单,其实充满挑战和变化。

汕头的海鲜大排档供应的是应节应时的渔获,五花八门出海捕到什么就是什么,而各种海鲜自然有各自不同的做法,这对掌勺师傅来说就要有随机应变的能力,没有学徒五年八载是很难掌控的。大排档也是上世纪八九十年代年轻人无处发泄的荷尔蒙得以尽情释放的地方,借着廉价的白酒果酒白兰地或啤酒里乙醇的刺激,憧憬着不切实际的理想,幻想着遥不可及的爱情,谈论着不着边际的文学,诅咒着不讲人情的单位领导和不解风情的公司大姐……仿佛人情世故在这个刚刚踏进市场经济的世界里,都把"人情"丢了,只留下了"事故"。但在这些蹉跎的岁月里,却留下了关于城市的美好记忆和小海鲜里青春的味道。

大排档是一座城市的烟火气、人情味、江湖范……添锦之花？雪中之炭？言语间烟火中，冷暖自知，清浊自明。饮食的江湖其实藏在了街头巷尾中，应了"大隐隐于市"的老话，这里有经过时间淬炼最纯正最朴素的味道。

大排档这种经营形式源于香港，最初写作"大牌档"，后来因为谐音和经营形态的变化变成了"大排档"。二战后的香港为了给老百姓更多的就业机会，政府给小贩发放固定的和流动的两种牌照，前者称大牌，后者称小牌，直到今天，台湾还依旧采取这种管理模式。后来，政府还允许将大牌和熟食固定摊位合二为一，发放的牌照需要在明显的位置悬挂起来，俗称大牌档，经营者还会因为客人的增加随时再摆上一些桌椅，自由度高。改革开放后，这种经营模式随之也传到了广东并影响到了其他城市。

大排档其实是上世纪末夜市的代名词。在汕头，长平路、龙眼路、榕江路、西堤路、福合埕等都曾经是大排档一条街，国营单位下午关门下班，流动的饮食摊档则准时在道路两旁摆上了摊位，可以经营到第二天天亮才收摊清洗路面，是"你走我来，你来我走"的和谐相处，未见得有多大的冲突和矛盾。

当年汕头美食学会的聚会地点多选择在长平路，一则位于市中心，大家行动方便，踩个自行车去不了太远的地方；二则长平路的摊档最多，可提供更多的选择。其中，位于一家银行门口的档口去的次数最多，厨师的手艺获得了大家一致的认可。

大排档的兴起是潮菜进一步发展壮大的基石，通过大排档培养了一大批的经营者和应变能力、创新能力强的厨师，汕头许多酒楼都是从大排档发展起来的。

大排档至少具备了这么几个特点：首先是食材的本地化。大排档选取的都是本地新鲜的食材，而相互的竞争使他们不断改革创新，本地的食材得以做精做细。比如前文所提到的那个大排档，每一次去我们都必点一个"薯粉豆干炒腐枝"或"五花肉炒豆干"，而在福合埕的一家大排档必点"炸虾仔"和"腌膏蟹"。其次是厨师超强的应变能力。一方面要根据不同食材变化做法，另一方面的应变能力来自全面地对食材烹饪的通透掌握，任何食客都可以提出自己的要求。比如一个炒粿条，是湿炒还是干炒？是加牛肉还是加海鲜？是将粿条干煎后再加上配料还是和配料一起混合炒？决定权在食客的手上，厨师要随机应变，游刃有余。再者就是现点现做现上，对于厨师的基本功更是一种考验。大排档不需要任何花哨的装饰，要的是真材实料，要的是刀工厨艺，要的是缥缈神秘的镬气。回过头想想，这种路边大排档的食品质量反而是让人放心，烹饪的过程在众目睽睽之下，而不像现在的不少酒楼餐厅的厨房见不得光，要悬挂上"厨房重地外人不得入内"之类的警示牌。当年潮菜大师林自然开的"大林苑精细潮菜馆"的一大创举就是开放厨房，客人进入餐厅特意安排从厨房中间经过，就是为了让食客对质量和卫生放心。记得当年美食家蔡澜对此也是啧啧称奇。

后来城市管理升级，路边摊开始被清理，有条件的搬进了楼房里，没有条件的只能另寻出路，经营环境的改变必然带来经营成本、人员管理、运营模式的改变，菜品的味道变了，城市的味道也发生了改变。而这一直也是一个充满争议的话题，2017年国务院常务会议就曾经提出：对于路边摊，政府必须要提高规划、管理能力，决不能光图省事"一禁了之"，"一味追求环境整洁"。管理城市最怕"慵懒"

二字，一刀切最容易，但却可能会侵害老百姓利益，所谓的环境整洁变成了"只要面子，不要里子"。山东淄博以烧烤出圈，是一个城市管理逆向而行的典范。在其他城市围足禁市，烟火涉远之时，淄博却开放街区，不弃街摊，不摒烟尘，政府部门顺势而为聚人气而兴市，集炭炉星星之光成火。这应该是一个城市宣传成功的案例，值得学习和借鉴。

曾经有学者在总结潮汕文化的时候用了"固守文化"一词，认为潮汕人对于传统和习俗非常坚守，比如，曾经被列为封建迷信的宗祠文化、游神赛会、拜老爷等等，虽然长时间被禁止，但其香火从来就没有断过。其实，潮汕人对传统的生活习惯也是矢志不渝笃行不息的，比如对于工夫茶，对于时年八节的食物，乃至于大排档。有许多饮食摊贩搬进了楼房以后还以"大排档"为名，并努力营造大排档的氛围。

≈ 没有一个菜是清白的 ≈

经常看到为菜系而争论的文章,不外就是哪个菜系更牛?某个菜是属于哪个菜系的?某个菜系里哪个城市才是正宗的?争来争去,其本质就是地域之争,也是名利之争。

这样的话题从来就没有停止过,甚至演变成区域的相互攻击。其实,对于餐饮界来说却没有那么多讲究,相互的往来和交流十分频繁,相互的借鉴和学习也司空见惯,一个好的创新菜式可能很短时间内就出现在另外一个地方的餐桌上,细心的朋友就可以发现,如今,不同城市不同地区的菜差异性越来越小,即使是那些原来特色鲜明的地方。比如,以麻见长的成都、以辣闻名的长沙,当地著名餐馆的出品竟然和粤菜没有大的区别,至少许多食材是一样的。

近些年来,汕头的餐饮美食界就不断组团到外地交流学习,而外地的餐饮界人士也组团来汕头,大融合成为一种趋势,这是建立在物流发达的基础上的。云南刚刚收获的松茸第二天就出现在了汕头的餐厅里,而汕头的老鹅头、薄壳米也可以在北京上海的高档餐厅里吃到,食材不再是某一区域的专有。这种大融合使菜系之间的边缘界限进一步被模糊化,形成了"你中有我,我中有你"的共荣局面。

不过，当我认真去考究各个菜系的差异性时却意外地发现，所谓的菜系之分并不是官方的认定，竟然一直是民间的说法。关于餐饮业的发展，商务部曾经提出的是"五大餐饮集聚区"的概念。商务部2009年制定了《全国餐饮业发展规划纲要（2009—2013）》，在规划中提出了"五大餐饮集聚区"的构想。即：以四川、湖南、湖北、江西、贵州等省为主的辣文化餐饮集聚区；以北京、天津、山东、山西等为主的北方菜集聚区；以江苏、浙江、上海、安徽等为主的淮扬菜集聚区；以广东、广西、福建、海南为主的粤菜集聚区；以宁夏、新疆、甘肃等为主的清真菜集聚区。

真没想到，"四大菜系""八大菜系""十大菜系"之类的说法竟然只是传说，却惹得那么多人疯狂迷恋。菜系这个词产生的时间不长，因为它的区分是以行政区划为基础的，餐饮文化的确一直呈现多元现象，但不同时代呈现不同的面貌，据《东京梦华录》记载。北宋时只分"南食""北食""胡食""川食"，从明清到民国之初，只有"帮口"之说。但是就饮食文化的分界而言，政治上的行政区划反而不如以语言来划分更为合理准确。

唐朝韩愈被贬潮州写了一首《初南食贻元十八协律》的诗，有研究者以此证明潮州菜可追溯到唐朝。其实这首诗所写的"南食"在哪都很难说。因为唐宋时期，"南食"指长江下游以及闽粤沿海的菜肴，以稻米为主食，猪肉、鱼肉为肉食。从韩愈诗里的食材来看，应该是靠海边了。美食作家林卫辉先生认为，倒是诗名"初南食"，而不是"初潮食"，意指"刚刚吃到岭南食物"，说明是刚进入岭南吃到这些东西所作。这些海鲜，在清远不一定可以吃到，但在广州吃到这些东西没有问题。总之，把这首诗所提到的食物说是潮州食物，欠缺依据，如果广府菜跑出来争，似乎更有资格。

1983年11月11日，《经济日报》发表的《久负盛名的四大菜系》一文称："目前国内较大的菜系有十余种，其中以川、鲁、粤、苏四大菜系最负盛名。"这是国家权威媒体首次公开提出"四大菜系"的说法。而后，不服与平衡催生了后面的"八大菜系""十大菜系"，都是地方为名利而争罢了。而在各菜系的内部，一般以市的行政区划为单位，对饮食非物质文化遗产的争夺也趋于白热化，各种阴谋阳谋都用上了。最重要的手段就是所谓的"标准化"，其目的就是争夺话语权。让许多人感到意外的是，中国菜系的第一个"标准化"成果竟然是来自相对冷门的徽菜。

菜品标准化美其名曰是保证质量，如果真的按标准化推行和生产必然导致相反的结果。为了追求效率和一致性，一些复杂的烹饪技艺和独特的调味方法可能被简化或忽略，品质不升反降，菜品的同质化与食客追求的独特性也背道而驰。同时，面对可能品质不一样的食材依样画葫芦，还会导致一些传统的烹饪技艺逐渐丧失，更别说创新性创造性了。

现在各种菜品的标准都烂大街了，一个城市就来制定一个菜系的菜品生产标准，这显然是想以小搏大，当然也是不自量力，是否为权力欲望的膨胀呢？

现在还有一些菜系大打"复古牌"，弄出一些莫名其妙的花样文章，强调其菜系传承血脉的纯洁和正宗，这就是一个笑话。都把菜系追溯到唐朝了，复古一个唐代的宴席，却用番薯叶做的护国菜，还有西红柿、西兰花、火龙果、辣椒、沙律……这都是哪跟哪啊！即使是猪肉和豆油，恐怕都没有纯正的血统了，就血统而言，恐怕再没有哪个菜是清白的！都可能是大融合的结果。

我这个人头脑比较简单，菜嘛，就看它健不健康好不好吃。我管他谁做的？做得正不正宗。

≈ 我的日常是你的远方 ≈

　　过去说起"喜新厌旧"这个词，人们总是深恶痛绝免不了口诛笔伐，感觉每个人都是苦大仇深的受害者。其实是为了赶紧站队，面对着即将扣下扳机的道德枪口。

　　可是当我们陷入因循守旧的泥沼而寸步难行的时候，当我们日复一日重复着刻板机械的生活而失去了激情的时候。人们对于新鲜事物的出现是怎样地渴望和向往，人们开始念叨起"诗和远方"。"诗"是对现实的逃离，"远方"乃新鲜的体验，这只不过是"喜新厌旧"的另一种表达而已。喜新厌旧是人的天性之一，对新鲜事物的追求和探索，是人和社会不断进步的原动力。

　　陈晓卿团队在年关之际推出美食纪录片《我的美食向导》，晓卿师兄亲自出镜，一路到各地吃吃喝喝，感觉就是一次诗和远方的实践之旅，令许多人羡慕不已。其实，作为行内人我们都清楚拍片子是一件苦差事，经常是没日没夜连轴转。在潮汕拍摄期间晓卿兄一直忙于工作，一天晚上我们联系说小聚一下，当时已经是晚上十点多了，地点选在了今夜大排档，因为它的主理人吴丹妍有晓卿兄喜欢的啤酒。那天晚上成为一个精酿啤酒局，各种我没喝过的精酿啤酒，晓卿兄还像变戏法一样不知从哪里叫来了一些澳洲品牌的精酿啤酒，说是他朋友的品牌。如今在汕头，饮食领域他比我熟，虽然我是这部片子的顾问。

十九世纪六十年代，美国发起"精酿啤酒运动"。在十九世纪七十年代，美国的家酿啤酒合法化，精酿啤酒就开始了百花齐放的时代，它和单一麦芽威士忌有相似之处，就是风格多样，香型复杂且迥异，每一瓶未喝过的啤酒都可能给你带来新的体验，这种未知感是一种强大的诱惑。那天晚上，张新民兄喝得最欢，比谁都下得快，成为酒桌上的监督员。其实他们都不知道，新民兄年轻的时候就是一个啤酒仙，啤酒喝不醉。我和少蓬兄、雅丽兄几乎也把所有的啤酒都试了一遍，早就把痛风的各种告诫融进啤酒花里，喝掉了。在尝鲜的这条美食不归路上，我们从不会孤独，怕的是人多被挤到桥下去了。

陈晓卿团队拍摄的潮汕篇在本地产生了非常大的反响，陈晓卿借此又收获了一大批粉丝，他憨厚而亲切的笑容极具魅力，很容易获得信任，由于他多次不遗余力推荐汕头美食，很多汕头人已经把他当成"家己人"，感觉"投名状"已投了好几次，就差一个"入伙"仪式了。潮汕篇里晓卿兄介绍了一家蹲着吃猪脚店，猪脚要小火慢炖六个小时，其软烂程度可想而知，与炖两个小时的隆江猪脚在口感上相去甚远，我并不喜欢，晓卿兄却吃得欢实。在片子里我们看到了时刻把微笑挂在脸上的陈晓卿，他的寻吃之旅就是一次探索之旅，他说："等待是一个美好的时刻。"所有的食物都和他产生距离感和陌生感，在片子中，他多次进行了食物搭配的创新尝试，也是对未知结果的一种探寻，比如用蚝仔蘸番茄酱。

因为未知所以值得期待，因为期待所以美好。人生的道理就在一箪饭、一壶浆里。

在看片子的过程中，有一些细节触动了我，当我沉浸在自己的日常中时，却未曾意识到，我的日常，或许就是他人的远方。而他人的日常亦成为我的远方。

其实潮汕人应该深有体会，我们常说，本地一个潮汕，内地一个潮汕，海外一个潮汕。许多潮汕人会远走他乡去寻找自己的梦想，但却只能在自己的原乡找到心灵的归宿。叶落归根不是肉身的需求，而是心里的答案。

无论人身在何方，我们生活的环境及食物都是独特而唯一的，包括我们每个人曾走过的路、经过的事、看到的景、遇到的人，对于他人来说，都是遥不可及的远方。我们习惯于在彼此的远方中寻找归属感，常常一身疲惫，甚至伤痕累累却无家可归。我们的归宿或许就在我们心中，诗意的远方就在我们生活的日常里，要用心去探索，用车轮子能够到达的地方那是旅游点。

≈ 不再遥不可及的鲍鱼 ≈

鲍鱼,在食材领域一直是一个高贵的名字。刚看到这个题目的时候可能有许多人会骂我"说得容易",好吧,就当它是一个良好的愿望。

可事实上从二十世纪九十年代开始,新鲜鲍鱼的价格就一直在走下坡路。今年过年在菜市场上看到,五六头的鲜鲍鱼,标价只有十块钱,当然是泡在冰水里的。捞起来瞅瞅,偷偷用手指按了一下,咦,竟然会动。只是外壳黏稠得很,滑不溜丢,便不敢买。

鲍鱼在中国的饮食文化中是一种神奇的存在。其实它被称为螺似乎更恰当,却一直被叫做鱼。它现在的名字起于明朝,此前叫"鳆鱼"。而在此之前,也有鲍鱼之名,指的是腌制的咸鱼。如西汉刘向《后汉书》里的那句千古名言,"入芝兰之室久而不闻其香,入鲍鱼之肆久而不闻其臭",说的就是臭咸鱼。

鲍鱼有一个坚硬的外壳,壳上有九个小孔,所以潮汕人过去把它称为九孔螺。的确,它的肉质也更接近海螺类。

在古代,鲍鱼早就成为权贵们的美食,据说曹操就很喜欢,曹植在《求祭先王表》中写道:"先王喜食鳆鱼,臣前已表得徐州臧霸上鳆百枚,足自供事。"可见食材的珍贵。在内陆地区能吃到鲍鱼,想必是干鲍。

目前,全世界已知的鲍鱼有216种,我国有七种,以北部渤海湾出产的皱纹盘鲍和东南沿海的杂色鲍最常见。

因为口感和烹饪方法上的差异,干鲍仍然是目前顶级的食材,特别是产自日本的干鲍,惊为天价,不提也罢。

潮汕菜善于烹制高级食材,当然也包括烹饪干鲍,不过如今,潮菜馆烹制干鲍的手法多源于香港。二十世纪八十年代初,香港经济腾飞,饮食业空前发展,干鲍的烹饪制作成为一绝,汕头特区成立后,制作工艺也传到了汕头。记得当年在香港以制作干鲍著名的"阿一鲍鱼"曾在汕头中山公园开了"富临酒家",开张之时特设品尝宴作推广,一只鲍鱼切成薄薄细片摆作一盘。当其时,参与者多对鲍鱼未有认识,有一名记者用牙签把盘中的鲍鱼片插在一起,一口吃了,同桌的其他人一片也没能品尝到,只能干瞪眼。

干鲍的制作要求很高,家庭一般难以完成,基本上成为酒楼的专利,家里不妨就吃新鲜的鲍鱼吧。二十世纪九十年代末开始,汕头就

[新鲜的鲍鱼片也是打火锅的佳品]

有了人工养殖鲍鱼，新鲜鲍鱼开始进入寻常百姓家。

个人认为，鲍鱼和许多其他海鲜产品一样，不管用何种烹饪方式，切忌过火。美食家袁枚在《随园食单》写道：鳆鱼炒薄片甚佳，杨中丞家削片入鸡汤豆腐中，号称"鳆鱼豆腐"，上加陈糟油浇之。庄太守用大块鳆鱼煨整鸭，亦别有风趣。但其性坚，终不能齿决。火煨三日，才拆得碎。

鲍鱼过度烹饪反而肉质变得坚韧，最终要炖三天。哈，都炖烂了。新鲜的鲍鱼吃的是新嫩，加热时间不能过长，甚至还有人把它做成刺身，但未觉其妙。

非常有意思的是鲍鱼的计量单位和等级用"头"，头数越少意味着越重，越值钱。几头指几个可以达到一斤，但这个斤是用古老的司马斤，是周代开始的计量单位，一司马斤等于十六司马两，一司马斤大致相当六百克。这个计算方式来自香港，香港一些需要计量贵重物品的行业，如黄金首饰业，依然沿用老式的计量单位，称为"港秤"，也就是"司马秤"，干鲍鱼也用它计量，可见其贵重程度。

一傻点龙虾

说起潮州菜,还是回避不了龙虾,虽然它是堪称奢侈品的高档食材。

目前市场上许多龙虾都是进口的,实际上中国的龙虾资源非常丰富。据相关统计,龙虾科共有四十六种,有关的调查发现,中国拥有二十三种。为什么这么丰富的资源却让人感受不到?这是因为中国人太能吃。经济发展以后,有钱人多了,餐桌上的奢靡追求挡也挡不住,吃龙虾在一些地方一些场合成了时髦。龙虾的生长周期非常长,过度捕捞,生长的速度远远跟不上消费的速度,供不应求只能从海外进口了。

早在公元819年,被贬潮州的韩愈就写过一首《别赵子》:"我迁于揭阳,君先揭阳居。揭阳去京华,其里万有余……又尝疑龙虾,果谁雄牙须。蚌蠃鱼鳖虫,瞿瞿以狙狙。识一已忘十,大同细自殊。"

诗里提到了龙虾、蚌、螺、鱼、鳖、虫等,说看着让人害怕,大同而小异,记住一种就忘了十种。

可见,在唐朝的时候,在潮汕吃龙虾是很正常的事。而潮汕出产的龙虾是世界上最好的龙虾,叫"中华锦绣龙虾"。这种龙虾实在长得太漂亮,外壳像披着一身锦绣的龙袍,由于色彩斑斓,过去在水产交易市场上渔民们开玩笑称其为"大彩电"。

许多老资格的食客一致认为，无论是外表还是肉质，本地的龙虾要胜过进口的龙虾，指的就是中华锦绣龙虾，主要产于我国东海和南海，以广东南澳岛产量最多，夏秋季节为出产旺季。锦绣龙虾一般个头不大，常见的一斤多些。在江浙一带，不少地方把它称为"七彩龙虾"，甚至称为"神虾"，有地方县志如此描述："宋天圣元年（北宋时），渔者得于海中，长三尺余，前二钳可二寸许，末有红须尺余，首如数升器，若绘画状，双目、十二足，文如虎豹。大率五彩皆具，而状魁梧尤异。中使吴仲华绘其像以闻，诏名神虾。"

饶宗颐编纂《潮州志》中记录了潮汕地区过去的"捕龙虾法"：捕龙虾南澳与惠来皆有之。法用竹片条，长约四尺许，阔约寸许，缚成十字形，用网盖其上，使弯曲如碗状，由两个相合成椭圆形，下半部比上半部小，两半部中留一空隙距离约七八寸，缚饵于上半部活门之旁，置海中礁石间，龙虾见饵奔入，饵动而活门闭，两半部遂相合成圆形，虾乃不能复出。

人类的智慧是无穷的，有目标就会想出办法来，多少凶猛的巨兽最终都被征服。人类就是这样不断地征服自然，而抵达食物链的顶端。

清初大儒屈大均在《广东新语》就写道：龙虾，巨者重七八斤，头大径尺，状如龙，彩色鲜耀，有两大须如指，长三四尺。其肉味甜，稍粗于常虾，以壳作灯，光赤如血珀，曰龙虾灯。东莞、新安、潮阳多有之。

屈大均是"大吃货"，他说龙虾"其肉味甜，稍粗于常虾"，一针见血地点出了龙虾肉的特点和不足。事实上，龙虾的肉质属于粗纤维，所有粗糙的肉质，我们都会觉得不好吃，不仅需要牙口好而且它们味道并不鲜美，这是因为我们的味蕾只能感知小分子，所以越是细腻的肉质我们会越觉得鲜美。龙虾粗糙的肌肉属于大分子，味蕾对它无感，真的不如小鱼小虾鲜美。

改革开放之初，龙虾作为名贵的食材是婚礼、寿宴、开业等重大宴席所不可或缺的，但它更像是装点门面的标志，不在于好不好吃，而在于其外形的威武和价格所标志的档次，农村营老爷拜神祭祖，土豪们为了摆阔气赢脸面，除了传统祭品之外，后来把各种名贵的食材都当供品，乡间社庆，与时俱进。游神祭祖大件事，洋酒干鲍加鱼翅，威武的龙虾最别致。

充脸面却不好吃，讲究实惠的普罗大众便有了"一傻点龙虾"之说，将吃饭点龙虾名列"第一傻"，平常朋友间的聚会和家庭宴会是绝对不会点龙虾的。当年，龙虾常见的做法是"沙律龙虾"，把龙虾蒸熟了取肉切片拌沙律酱，那会儿沙律酱刚引进内地市场，洋玩意被当成好东西，这样的龙虾当然没什么吃头！后来有了变化，弄出个什么"龙虾伊面"，作为一道菜更是"倒行逆施"，把面条铺在切块的龙虾底下蒸熟，龙虾的鲜味为面条所吸取，龙虾肉变得硬实无味。有朋友说这是某酒楼大厨亲自传授的做法："伊面的味道不错啊！"我说："是啊！到哪去找这么高级的煮面配料？"龙虾在这道菜里已经委身变成了面条的调料品，实在是买椟还珠的"高招"。

如今，龙虾已不像过去那么金贵，世界各地的龙虾都跑到中国来了。吃法也大为不同了，常见的有清蒸和刺身两种，清蒸要控制火候，不能太老；而最鲜美的当然是刺身，这才是龙虾最好的吃法。这里还有个技巧，取龙虾肉时不能沾水，肉片出来后置于覆了保鲜膜的冰盘之上，虾肉刺身才有弹性，入口软糯甘美。而龙虾头和外壳则用来熬粥，"龙虾糜"要下肉末和冬菜，是"潮汕芳糜"中的上品。

虽然，龙虾与常见的海虾都叫虾，但它们却不同科，平常的海虾是游行虾，而龙虾是爬行虾。它体型大，但行动显得相对缓慢，1934年北美沿海捕捉到一只大龙虾，全身长1.22米，重达十九公斤，触须有好几尺长，是迄今为止有记载的最大龙虾纪录。龙虾生活在温暖的海底，白天多潜伏在岩礁的缝隙里，夜出觅食，虽在海里生活却不善游泳。它的幼体形同树叶，漂浮在海上随波逐流，要经过多次蜕皮才能变成龙虾，它的生长速度极其缓慢，从幼虾长成成年龙虾大约需要十年，所以赶不上吃的速度。过去在南美地区，龙虾非常普遍，因为不那么好吃所以并不受欢迎，农场主天天给奴隶吃龙虾，吃得奴隶们都要造反了，后来农场主只能妥协，减少吃龙虾的次数。现如今，它们的身价也涨了，都是国人给吃少吃贵了。

≈ 外来的食材也当家 ≈

料理海鲜是潮汕菜的特长,也是他们在江湖立足的当家功夫,这是受地理因素决定的食材所影响,但中国的海岸线如此漫长,盛产海鲜的地方多了去了,为何潮汕菜能够脱颖而出?说到底,自然条件只是基础条件,也是必然条件,起决定作用的还是人。

潮汕人最大的特点,我认为,是走得出去,还回得来。"回得来"是关键,是漫漫人生的归属方向,潮汕族群的抱团、宗族意识、家乡情结等都源于"回得来",这也给潮汕的发展打下不一样的烙印。

潮汕菜的发展正得益于"回来","回来"就能不断地为潮汕菜注入新的元素,包括新的烹饪方式、新的食材、新的理念……而反过来,潮汕菜也以一种有容乃大的面貌呈现在世人面前。汕头市曾经提炼总结过城市的精神,其中有一句是"海纳百川",用在潮汕菜的发展上也合适不过。

目前高档的潮菜餐厅都少不了象拔蚌(潮汕人一般称:象鼻蚌),也有了多种经典的烹饪方式,成为潮菜的品牌菜式。象拔蚌并非传统的潮菜食材,但潮汕菜对于优质的食材是来者不拒,只要是好东西,英雄不问出处,更不必讲历史摆资历,照样能够当家。向前看,是与时俱进,是发展的不竭动力,那些向后看的,是迂腐或纯属作秀。

[用于打火锅的小象拔蚌]

象拔蚌的原产地主要是美国和加拿大北太平洋的沿海地带，学名太平洋潜泥蛤。名字也揭示了它的生活习性：喜欢潜藏在泥沙中，而且特别懒，从来不挪窝。象拔蚌进入中国市场的历史并不长，在二十世纪九十年代初。

其实象拔蚌并非一开始就受欢迎的，二十世纪六十年代，美国西海岸的象拔蚌多不胜数却无人问津。直到九十年代才被亚洲市场开发出来，价格飙升，成为顶级海鲜食材。亚洲是一个巨大的食品销售市场，很快，野生的象拔蚌数量急剧减少，美国开始限制捕捞并开展人工养殖，可是象拔蚌的生长周期实在太长，百年的象拔蚌体重也就两三公斤，供给侧与消费端严重失衡，有资料显示，1994年香港市场酒楼售卖的价格也就四美元一斤，今天的价格早已今非昔比，美国政府比猴还精，现在对于捕捞的野生象拔蚌每斤就要收三美元的税金。

而有意思的是，象拔蚌因为其特殊的外观和虹吸管超强的伸缩能力，在亚洲市场上还被贴上补肾壮阳的标签，这对它们扩大市场影响力犹如插上了一双隐形的翅膀，一下子就让那些温饱有余的有钱人盯上了。美国西海岸那些祖祖辈辈过着无人打扰桃园生活的象拔蚌怎么也没有想到，它们的天敌竟是远在大洋彼岸的富贵人类，不到十年的时间，美国西海岸的野生象拔蚌几乎断子绝孙。我国的北部湾出产一种小象拔蚌，当地人干脆叫它"牛鞭螺"，倒是直截了当，但没有听说过它对男人有补益功能，难道是嫌它太小了？

目前国内的象拔蚌主要来自加拿大、美国和墨西哥。其中，以加拿大的象拔蚌质量最佳，口感爽脆，肉质清甜。美国蚌次之，墨西哥水蚌略逊一筹。显然，质地与生长环境相关，越往北水越清寒，质量越高。

象拔蚌最好的吃法是刺身，就吃它的象鼻子，贝壳里的身体清理完了可以用来煮粥。刺身一般都采用薄切的方式，利用冰盘摆盘，增加视觉效果。潮汕有一句俗语"切薄披拢"，意思是虽然东西不多但是薄切披开也能显多。当年潮菜大师林自然觉得这种吃法不过瘾，切薄片爽脆的口感就缺失了，于是改变刀法，愣把刺身切成了条状，像美式快餐的薯条，成了新的流派。

后来我在阿鸿海鲜大排档品尝到一款新菜。毕竟有些人并不习惯刺身，阿鸿便借鉴林自然"过桥腰子"的做法，象拔蚌切片摆盘，用一锅滚烫的高汤，吃时用筷子夹起在汤中烫三到五秒即起锅，蘸酱料即可，既去了生腥味又不失鲜美，一众食客皆称美。

≈ 西施舌之吻莫用力过猛 ≈

西施舌这个带有情色意味的食材似乎没有确定性,事实上泛指个体较大型贝类的斧足。其形光滑圆润,似贝类的长舌,因肉质细腻、味道极鲜美而得名。

清朝的美食家李渔描写得绘声绘色:"所谓西施舌者,状其形也。白而洁,光而滑,入口哑之,俨然美妇之舌,但少朱唇皓齿,牵制其根,使之不留而即下耳。"(《闲情偶记》)还有比他写得更露骨的,简直是靠想象力吃饭,他是清朝同治年间的进士陈恒庆:"惟蛤蜊名西施舌者,白肉如舌,纤细可爱,吞之入口,令人骨软。予曰:'虽美不可言美,恐范蠡见嫉。'"(《谏书稀庵笔记》)可以想见,他绝对是一位见了美色就走不动道的"软骨头"。

从历史记载来看,东南沿海都有西施舌的菜品,但这漫长的海岸线上,取西施舌的蛤类恐有所差异,但皆不失其鲜美。

对这道美食,我是从闽菜中有所了解,而首次品尝是在汕头潮菜研究会会长张新民先生的家宴上,配以食用的夜来香花蕾,虽是汤菜,却成为宴席的高潮,原来在座的人都没有品尝过,在此献出了西施舌初吻。

清初农学家丁宜曾著有一本讲述农事的著作《农圃便览》,介绍了山东西施舌烹饪之法："去壳取舌肉洗净，再将清水入锅。沸方入舌肉，即刻取出。弗成入荤油、酱油。"先将西施舌在沸水中烫熟即捞出，放入汤碗内，加入动物油和酱油。而在闽菜中，则是将蚌肉氽以滚热的鸡汤而成，最出名的西施舌要用福建长乐漳港产的海蚌。

这些贝类海鲜保持鲜美口感的秘密就在于火候，过犹不足。

过去吃火锅常共用一只大锅，吃的时候将火调到最大，在翻滚的热锅中，施匙的人把大盘的海鲜、肉类都投到锅里让它翻滚，再统一捞起来分配。这样的火锅宴总是让人吃得很郁闷很无奈，用力过猛，把所有的东西都煮老了。因为肉质不同，海鲜和肉类烹饪成熟的温度和时间大有区别，用同样的标准对待，无异于将婴儿和成年人放在一起进行百米赛跑。

如今，一人一小锅，再好不过，我喜欢蜻蜓点水，你喜欢深藏不露。我喜欢游龙戏凤，你喜欢水乳交融。我喜欢浅尝辄止，你喜欢寻根究底。好吧，各随所好，各自安好。

张新民先生的西施舌做法更为激进，将西施舌片开，置于碗中，伴与苦刺芯、夜来香花蕾或鲜松茸片，用滚烫的高汤注入即成，鲜得掉眉毛。

料理西施舌最怕听到一个"煮"字，总觉得用力过猛，不够温柔。

沙地里的虫子

油炸沙虫干是绝好的下酒料,而这种食材能够进入汕头饮食市场还有段故事。

当年的汕头美食学会特别活跃,经常会组织各种各样的活动,学会的会员来自各行各业。汕头三联书店的总经理李春淮要到广西梧州参加一个全国性会议,学会的几个"自由人"脑洞大开,相约一同前往,于是凑了钱租了车雇了司机载着一后备箱的酒就出发了,沙虫就是这一路吃吃喝喝美食之旅的食材发现。

这群食客沿粤西进入广西,在湛江和北海都被美味的沙虫所吸引,团队在花光经费后悻悻然回到汕头,自然意犹未尽。很快,大家就发现,"油炸沙虫干"这道新菜已经登上了大林苑精细潮菜馆的菜单。

从林自然对于食材引进的快速反应就可以了解到,大林苑并非传统的潮菜,他本身并非专业厨师出身,虽然他年轻的时候就经营过饮食档,但并未见得是成功的。但他对美食有发自基因的冲动,他见了美食和美女都走不动道,采取极开放主动的态度,美女不问出处,美食不管来处,他的大林苑就是一个创新的天地,所以才被冠以了"现代潮菜"之名。如今许多潮菜馆子都用他的菜品充门面,并不理会它是现代的还是传统的。

沙虫说白了就是沙地里的虫子，外貌实在不好看。湛江有传说，沙虫补肾，特别是月圆时捕捉到的正在交配的沙虫效果最佳。不过，相信很难以证明沙虫是否在交配？但肥硕的沙虫倒是很符合中国人传统的以形补形的滋补逻辑。沙虫虽然外观欠佳，但味道的确非常鲜美，清蒸、白灼、爆炒、煮汤都不失其美味。

最有特色的还是沙虫干，林自然认为，北海的最好，所以他后来一直从北海购进，成为酒桌上的一道经典菜。新鲜的沙虫吃的是一个鲜，油炸沙虫干吃的是香，酥脆的口感和慢慢释放出来弥漫口腔的甘甜，不来口烈酒都对不起这些四处游荡的芳香物质。

美中不足的是，沙虫干经常带有一些细微的沙粒，偶尔会破坏和谐欢愉的气氛。后来，汕头潮菜研究会的张新民先生在处理时将沙虫干的两头都剪掉，问题得到了彻底解决，只不过，这回是又费食材又费酒。

≈ 鞋底变身为龙舌 ≈

人的身份地位变了,称呼也就会随之改变,甚至连名字都改了,人的江湖如此,食物的江湖也不乏例子。

比如龙舌鱼,如今算得上高档食材了。

龙舌鱼(粤话称"龙脷鱼",脷在粤语中也是舌头的意思,殊途同归)是对于鲽形目鱼类的统称,尤其是指鲽形目中的鳎亚目,也叫"鳎目"。有著名的一段绕口令:"打南边来了个喇嘛,手里提拉着五斤鳎目;打北边来了个哑巴,腰里别着个喇叭;南边提拉鳎目的喇嘛,要拿鳎目换北边儿别喇叭的哑巴的喇叭……"许多练嘴皮子基本功的人都练过这段绕口令,但往往不知道"鳎目"是什么?据说指的就是一种鱼,也就是"龙舌鱼"。

龙舌的名字源自其外形,以龙作为定语只为体现其身份地位。

不过,当初在潮汕人的眼中,它的形象并不那么高大。时光回溯三十年,在潮汕的海鲜和肉菜市场上,人们只知道叫"鞋底鱼",因为在当时人们的认知中,它长得像鞋垫。

鞋底鱼其实种类挺多,记得当年老师把它解释为比目鱼,只要眼睛都长在一边的都把它称为鞋底鱼,大概没有眼睛的那一边真的平滑如鞋底。它们大多栖息在泥沙底质海底,平常会将身体埋藏于泥沙

[鞋底鱼摇身一变，成为龙舌鱼]

中，只露出两只眼睛像潜水艇的观察镜，从它们的身体结构就可以判断出这种鱼的游泳能力并不强，大概会像传说中的波斯地毯一样摇摆漂浮前行。《尔雅》记载有比目鱼："东方有比目鱼焉，不比不行。""不比不行"，是指比目鱼只能看到一边，所以想象它们活动时要两条鱼贴在一块，携手前行，这样两边都看得见了。非常有意思的想象力。这种鱼还是肉食性的，游不快就不可能主动捕食，只能是守株待兔型的。

龙舌鱼不仅美味，而且除了主骨架没有什么骨刺，吃起来非常方便，适合老人孩子食用。潮汕人认为最佳的处理办法就是煮豆酱水。口感嫩滑，肉质鲜美。但潮汕人非常精明，早就发现虽然它们外表相似，但鱼鳞的大小却代表不同的品种，潮汕人只认本港出产的细鳞龙舌，价格要比粗鳞高出许多，而且体型越大价格越高，我曾在市场上见过七斤重的龙舌，已是稀罕物。

超市里有一种速冻的龙利鱼肉片，不是称"出口的"就是"进口的"，无论其口感还是价格都让人不免产生严重的怀疑，从来没有一种供不应求的高档食材会主动放下身姿变成廉价的速冻食品。

后来才弄清楚，所谓的"速冻龙利鱼肉"来自越南，根本连海鱼都不是，是一种淡水的鲶鱼，叫"巴沙鱼"。巴沙鱼是一种养殖鱼，和其他生命力超级强盛的鲶鱼一样，生长快、产量高、易饲养，于是，同样没有骨刺的鱼肉片下来就成了进口的"龙利鱼"。巴沙变龙利，鞋底变龙舌，好像是一回事，但总感觉哪里不对，还是让食客自己评判吧。

≈ 无区别的迪仔鱼 ≈

剥皮鱼,潮汕人称它为迪仔鱼,学名绿鳍马面鲀。

毫无疑问它是潮汕人最为熟悉的一个鱼种,在凭票供应的年代,它一直是国营商店提供的最主要鱼类之一,可见那个年代它的捕捞量是相当可观的。

孩子们对它更是记忆尤深,因为潮汕人把教训孩子生动比喻为"食迪仔鱼",因为笛仔和竹仔读音相近,挨揍吃竹板变成了吃鱼。暑假一到,南方孩子都喜欢到江河湖海中玩耍,为了防止溺水事件的发生,有关部门开创性地联合媒体开展了"迪仔鱼行动"。意思明摆着,孩子不听话私自下水就要挨揍。"迪仔鱼"的概念延续了几十年,倒是一种民间文化的传承。

但曾经的平凡不能掩盖它今天的辉煌,正所谓,美女不问年龄,英雄不问出处。

经过了岁月的洗礼,迪仔鱼证明了自己的价值,至今仍然是深受潮汕人喜爱的鱼类。市场上主要有四个品种:长迪,也叫马面迪,这是最传统的品种;圆迪,肉质没有长迪硬实,但胜在有活鱼,能在一些海鲜池里见到;迪婆,大个头,味道不如小的鲜美,难得有活体可以做刺身;另外一种是蓝迪,是养殖的品种,由于是深海网箱养殖，价格反而比野生的高。这个和养殖的巴浪鱼道理一样，有了定时的投喂又有网箱的保护，这些养殖鱼不仅吃得好还睡得好，自然长了一身肥膘，一个个膀大腰圆。有了充足的油脂，肉质自然更为鲜美，而且喂养的成本摆在那里，自然要比野生的卖得贵同时也卖得好。

[马面鲀，俗称剥皮鱼，潮汕土称迪仔鱼]

迪仔鱼做法多样，各有各的妙处。除去那层坚韧的"皮草"，可以看到迪仔鱼清晰的肌肉线条，堪称鱼类中的健美先生。正因为它肌肉组织的紧密，所以能够承受各种烹饪方法，自身条件过硬就不怕各种考验。

［蓝迪，一种养殖的剥皮鱼，由于是深海养殖，而且肉身肥美，价格比野生的还贵］

小个的迪仔鱼干煎、油炸可作为餐前小菜或下酒料，个大一点的煮普宁豆酱最好不过，再大一点的，包括迪婆切片下火锅，即使赴汤蹈火依然肉质坚实。但我觉得最美味的还得算"水煮迪仔鱼"，也叫"油浸迪仔鱼"，我觉得这是一个向川菜"水煮鱼"致敬的创新菜。迪仔鱼先过一下热水立即捞起，只烫个六七分熟，另外用一个砂锅煮开一锅花生油，调入较多量的食盐，再加入足量藤椒和少量辣椒，炸出麻辣味后即关火，随后加入迪仔鱼盖上盖子，让鱼在油中浸熟。

迪仔鱼虽算不上是高等鱼类，但却老少咸宜，长红不衰，既是潮汕百姓的家常，也上得了最高档的潮州酒楼的餐桌。

迪仔鱼都是成批网捕所得，大小一致，善于经营的潮汕鱼档一般都会替顾客把鱼剥好，排列整齐划一。这不由得让人联想到，这鱼和人一样，剥了"衣服"谁跟谁也没有什么区别。

带鱼：带着温暖福利记忆的鱼

1

带鱼无疑是中国人集体记忆中印象最深刻的鱼类。无论大江南北，曾经在相当长的时间里，带鱼作为集体或单位的福利，将温情脉脉带着咸腥味的关怀发放到职工的家里，成为一代人的温暖记忆。

到了上世纪九十年代初，北京的许多单位依然将带鱼作为集体福利。

上大学时，有一回上班主任老师家，正赶上学校发带鱼。班主任老太太的丈夫在西影厂当导演，恰巧也回家。大导演每顿饭都要喝两盅。高校福利好，学校家属楼基本上不开火，大家都吃食堂。老太太平时也不做饭，正为如何料理一餐饭发愁。

见我来了，她手里拎着一只苦瓜问：你们广东人怎么做苦瓜，还有刚发的带鱼？

我说：您屋里坐着，我来吧。

于是我凭着记忆做了一个潮式的苦瓜煎蛋和一个煎煮带鱼。

苦瓜切得细碎先用盐腌过，通过揉搓，软化并挤出苦水，打入三个蛋，煎成圆饼状，味道如何不知道，但卖相不错。

带鱼是半风干的，没有下盐，最适合潮式的"半煎煮"，厨房没有潮汕豆酱，也没有广东豆豉，这也没关系，带鱼先用油煎过，再添点水烧，调入盐和一点酱油，没有南方的小葱就用北方的大葱，照样是一道"葱烧带鱼"。两个菜让老两口就着馒头连连叫好。

其实我自己是一身冷汗，因为当时的我也没有做过饭，凭的全是头脑中菜品形象的记忆，然后再对烹调的过程进行解构。

后来同学也对我这种"胆大妄为"的行径进行解构，认为这是典型的"潮汕人行为方式"：胆子大，不管什么项目，先接下来，再寻求解决办法。

2

对于上了一定年纪的潮汕人来说，记忆最深的应该是咸带鱼。

为了保存和运输的需要，捕获的带鱼用粗盐腌制，大量的粗盐会将带鱼淹没，让带鱼脱水基本上变成干带鱼。吃法非常简单，用清水清洗后油煎。

这种带鱼现在市场上基本见不到了，感觉带鱼成为了盐的载体，死咸死咸的，就是为了配白粥，吃的时候要把带鱼埋在白粥里，尽量让盐度得到稀释，一小块带鱼可以干掉一碗粥。

小时候对这种咸带鱼没有丝毫的好感，因为咸得辣舌头，这种刺痛感让人觉得不适。食物中盐分过高时，不仅会直接刺激口腔和舌头上的黏膜，引发灼热刺痛感，同时会刺激舌头上的痛觉感受器，产生类似辣的感觉。

可是对于家庭来说，即使是咸带鱼，也是物质缺乏年代大海的馈赠，一般都会用报纸小心翼翼包裹着，谁拎在手里都是一脸笑意外溢的幸福感。

带鱼一直是潮汕渔区重要的渔获之一。潮汕民谣《南澳鱼名歌》首句就是："正月带鱼来看灯。"时令上，带鱼正月当季。

饶宗颐先生编纂《潮州志·实业志三》载："渔业上统称曰潮汕区，韩榕诸水经年之有机物冲注其间，适合水族繁殖，且地属亚热带气候，温暖生产时间较长，产率亦高，如饶平之柘林、汫洲、海山、南澳环岛，澄海之南港，潮阳之海门、达濠，惠来之神泉、靖海均为重要渔业根据地……渔捕最盛期通常为每年七月翌年三月。渔获物以墨鱼（即乌贼俗名墨斗）、柔鱼（亦作鱿乌贼属）、带鱼（俗名带柳）、黄花（俗名金龙）、沙鱼、江鱼（海中小白鱼长二三寸）、饶（海中小鱼背有黑色纵纹）……"

历史上，官方的县志也多有记载。清光绪《揭阳县正续志》（续三）卷之四"物产"载："带鱼身薄而长，无鳞如带，入夜有光，生深海中，阔二三寸，长数尺，色白如银。《海物异名记》曰，修若练带。《异鱼赞》曰，佩带谁遗，皑如曳练，奇其说者，原始仙媛。谓即飞琼腰带所化。首有骨，合之成鹤形，骨中有珠，名珠带，细者名带缘，小者名带柳，见《闽中海错疏》。"

但对于潮汕渔区来说，带鱼向来不是产量最大的鱼类，在物质分配的年代，即使是咸得要命的咸带鱼，也有不少由福建和浙江调入，以满足需求。

3

　　传统上，我国将带鱼、大黄鱼、小黄鱼、乌贼（墨鱼）合称为"四大海产"。在很长的一段时间里，这四种鱼是中国渔民最主要的捕捞对象。

　　过去，浙江渔民每年清明时开始捕小黄鱼，4月半至6月捕墨鱼，从立夏开始夏秋捕大黄鱼，9月开始到冬季捕带鱼。所有的捕捞活动都围绕着四大海产进行，每种鱼类都有固定的捕捞期。

　　但是由于环境的变化和过度捕捞，四大海产已经长期处于"一缺三"的尴尬境况，可想而知，一枝独秀的带鱼是怎样的孤独和寂寞。

　　大黄鱼早在上个世纪七十年代末就开始出现了资源枯竭的状况，主要原因是过度捕捞，特别是当年采取的"敲罟捕捞法"，对于代表性的石首鱼——大黄鱼来说首当其冲。敲罟又叫敲竹杠，利用声音学原理专门对付石首科鱼类。说起来，这种捕鱼方式还是潮汕人发明的，据说可追溯到明朝嘉靖年间，通过声波的共振，让石首鱼晕厥而浮上水面，因为是大小通杀，会导致石首科鱼类断子绝孙。

　　小黄鱼也几乎在同一时期捕获量大幅下降，直到二十一世纪才开始恢复稳定，但据中新社报道（2020年7月16日）："捕捞上来的小黄鱼已呈现个体小型化、性早熟和低龄化等特征，过度捕捞导致小黄鱼自然种群处于衰减态势。"

　　乌贼的状况也好不到哪去，据有关资料记载，1984年，浙江的乌贼就已经不再形成鱼汛。有多个乌贼品种也出现资源枯竭现象，后来通过政府部门人工增殖放流和加强资源管理保护力度才有所恢复。

但据 2024 年联合国粮食及农业组织发布的一份关于全球鱿鱼市场的报告：2023 年，与中国同处太平洋西岸的海洋捕捞大国日本，乌贼的捕捞量创下六十年来新低，下降 23%。可见乌贼的资源仍然匮乏。

相较于其他的三种鱼类，带鱼的捕获量相对稳定。带鱼汛在每年 11 月到翌年 1 月，中国沿海从南到北都能够捕获，每年的产量在 100 万吨左右，是中国目前捕获量最大的鱼类。

4

虽然捕获量巨大，但带鱼家族却能长盛不衰，这和他们超强的生存和繁殖能力分不开。

首先是带鱼特能生，一条成年的雌性带鱼一次可产 2.5 万到 3.5 万粒鱼卵，而且他们的存活率还特别高，受精后大部分的鱼卵都能够孵化存活。

其次，带鱼的生长速度快，属性早熟鱼类，一年的时间就可以进入繁殖期。而常见的大黄鱼、海鲈鱼性成熟需要三年，金枪鱼要五年甚至八年才成熟并进入繁殖期。

另外，带鱼的捕食能力特别强，表面上看，它是一种底栖掠食性鱼类，一般会停留在水深 200 米以下的海床上。但不要被它扁平的身体所欺骗。像比目鱼、鳐鱼、魟鱼等身体横向扁平的鱼类，一般只会栖息在海床上"守株待兔"捕食，而带鱼这种竖向扁平的鱼类就不会那么老实，它们会主动出击做上下的移动来捕食，甚至在晚上经常会集体出动到浅海或者水面捕食，由于拥有非常尖锐的一口牙齿和高速游动能力，让它成为海洋中的狠角色。带鱼主要以小鱼、乌贼和甲壳类为食，尖锐的牙齿还向内弯曲，便于撕裂猎物的身体。而令人意想不到的是，带鱼还有自相残杀的习性，成年的带鱼常常以小带鱼为食，都说"虎毒还不食子"，由此可见带鱼的凶残程度，或许这也是带鱼超强繁殖能力的自我调节吧。

福建文化学者萧春雷先生送我一本书《海族列传》，书中引述了清人赵学敏在《本草纲目拾遗》中转述《物鉴》一段文字特别有意思："带鱼，形纤长似带，衔尾而行，渔人取得其一，则连类而起，不可断绝，至盈舟溢载，始举刀割断，舍去其余。"意思是逮住了一条带鱼，就能顺势提起绵长一串，等船装满，再一刀斩断。这未免太夸张了。事实上，因为带鱼性凶猛，经常攻击同类，一鱼上钩，往往被另一条带鱼咬住尾巴，有时一钓而起两三条。厦门人称带鱼为白鱼，民谚云：白鱼连尾钓。（《海族列传》，萧春雷著，鹭江出版社，2021年8月）

清代郭柏苍所著《海错百一录》也有记载："带鱼，闽人呼为白带，冬月最肥。渔者以钓得之，或言其食同类，故钓一可得数。"

看来，同类同族为了利益相互撕咬，并非现代文明带来的，倒是一种最原始的动物性。

5

虽然带鱼是常见的鱼类，但在潮汕人的眼中，它一直不怎么受待见，其地位甚至不如常见的巴浪鱼、那哥鱼，虽然它的市场价格要远比它们高。

在各种宴席上，你可以见到巴浪鱼饭的身影，见到那哥鱼丸在高汤中沉浮荡漾,但基本上见不到带鱼。

　　这种情况,闽南与潮汕基本上是一致的,而且由来已久。明代博物学家谢肇淛著有一部笔记《五杂俎》,主要记述了明代以前的社会情况,涉及社会生活、民俗及自然科学等内容。他在书中写道:"闽有带鱼长丈余,无鳞而腥,诸鱼中最贱者。献客不以登俎。然中人之家,用油沃煎,亦甚馨洁。"当时有些人认为带鱼是最低贱的,难登大雅之堂,不能上桌宴客。

[红烧带鱼]

但与闽粤不同，浙江、江苏、上海、山东等地，无论是油炸带鱼还是红烧带鱼都是颇具代表性的名菜。那些炸得金黄耀眼排列有序的带鱼段常常成为酒楼饭店招揽生意的招牌，大幅的图片张贴在显眼的位置。

潮汕人对于本地海产有一种特殊的自信，认为本港的海产质量最佳，所以在市场上总以"本港、就流"作为宣传语，价格上也有优势。而带鱼是为数不多的例外之一。

虽然中国沿海都有带鱼出产，但由于海域的不同和水环境的差异，其质量也有差别。人们一般把中国沿海的带鱼分为三个种类，其中，以浙江舟山为代表的东海带鱼质量最佳，其油脂含量最高，最为肥美。在东海的各种鱼类中，带鱼地位比较高，因其白色的肌肤和修长婀娜的身姿，江浙渔民戏称其为"东海夫人"；其次才是南海带鱼，失之腥味较重；黄海渤海带鱼由于水温低，个小油少肉硬，风味物质有所欠缺，只能殿后。

清代聂璜的《海错图》介绍过带鱼在清朝最常见的"腌渍咸带鱼"吃法，并评价说，福建的咸带鱼味道一般，浙江的才"香美"。说的也是不同区域的质量差异。

另外一种分类比较简单，只分北系带鱼和南系带鱼，东海及黄海渤海都属北系，南海的带鱼属南系。他们的体征有比较明显的区别，北系带鱼是黑眼睛，而南系为黄眼睛，北系带鱼个体较小，成鱼身长半米左右，背脊上的刺呈银白色，鳞片是白色。南系带鱼要比北系肥厚，身长可达一米，脊背上的刺呈淡黄色，鳞片白中带黑。另外，经常吃带鱼的朋友会发现，南海带鱼的骨头中会发现像骨质增生般的大粒骨，北系带鱼的骨架则齐整均匀。

产于南海的潮汕本地带鱼在质量上不如产于江浙的东海带鱼,所以本地带鱼上不了宴客桌是有道理的,潮汕人要脸面,不是最好的,请客拿不出手啊。

6

今年过年,朋友寄来舟山的带鱼,几种做法折腾了一遍,皆挑不出什么毛病,特别是油炸的咸带鱼,成为春节后期配粥的首选。

[油炸带鱼]

带鱼的做法不少,普遍会有红烧、油炸、清蒸等,据说东北还有用于烧烤的,想想也正常,名声在外的东北烧串似乎没有什么不能烤的，路上四条腿的除了桌子，水里游的除了潜艇，还有什么烤不了的？

潮汕有一种豆酱水煮带鱼，用的是潮汕特有的普宁豆酱，简单却鲜美，最后加一点切碎的蒜叶，点睛之笔，大排档常见的做法。本地产的带鱼有两种，除了大带鱼之外，还有一种小带鱼，个头小而表皮油光锃亮，所以称为"油带"，身小而肉薄，不适合油煎，只能用豆酱水来煮，非常鲜美。

家庭买大带鱼一次是吃不完的，得一鱼多吃。我喜欢把头尾拿来煮豆酱水，最肥美的中间部分用饱和盐水先腌制，然后煎炸，最重要的是有南姜片的加持。但煎炸后的带鱼不要立即吃，南海的带鱼肉质松散粗糙，第一次煎炸后肉质太过松软，不好吃。反而是放凉后经过三四次反复地煎过后才美味，尽量让水分排掉，会让肉质变得越来越紧实，有了嚼头，肉香味便充分激发出来了，可当配茶的零食、下酒的凉菜。

日本人海鲜吃法首选一定是刺身，带鱼也一样，对于新鲜的带鱼，也喜欢刺身的料理方式，在国内没有这样的条件，遗憾未曾品尝过。日本人将带鱼称为"太刀"，朝鲜则称为"刀鱼"，这应该是受到中国文化的影响，我国的胶东和东北的一些沿海地区就一直将带鱼称为"刀鱼"。

将带鱼称为"刀鱼"，或许更为生动形象。记得当年在北京读书时，大冬天从澡堂子出来，对于寒风或是飘雪，南方人总会感觉到多一些情趣，我会把毛巾叠成长条形，还特意沾上水，一路甩着慢悠悠回宿舍，很快就会冻成一把可以竖起来的"冰刀"，它很形象地让我联想起冰冻后带鱼的手感和形象，绝对是一把生动形象的砍刀。相较而言，被列为"长江三绝"首位的"长江刀鱼"最多只不过是一把匕首。

对于带鱼有太多的回忆，即使用刀也砍不断，每次吃带鱼都是才下箸头又上心头，除却巫山不是云，一生难舍带鱼情！

图书在版编目（CIP）数据

海味食话 / 陈益群著. -- 上海：上海文艺出版社，
2025. -- ISBN 978-7-5321-9315-8
Ⅰ. TS971.206.52
中国国家版本馆CIP数据核字第2025FR3678号

责任编辑：李　霞
装帧设计：钱　祯
插　　画：林　震

书　　名：	海味食话
作　　者：	陈益群
出　　版：	上海世纪出版集团　上海文艺出版社
地　　址：	上海市闵行区号景路159弄A座2楼 201101
发　　行：	上海文艺出版社发行中心
	上海市闵行区号景路159弄A座2楼206室 201101 www.ewen.co
印　　刷：	启东市人民印刷有限公司
开　　本：	1240×890 1/32
印　　张：	6.625
插　　页：	3
字　　数：	153,000
印　　次：	2025年8月第1版 2025年8月第1次印刷
ＩＳＢＮ：	978-7-5321-9315-8/I.7307
定　　价：	59.00元

告　读　者：如发现本书有质量问题请与印刷厂质量科联系　T：0513-83349365